U0701958

万榕书业

一个孤独
漫步者的遐想

[法]让-雅克·卢梭 著

蒋诗萌 译

北方联合出版传媒（集团）股份有限公司

万卷出版公司

智慧之举是，在力所能及的范围内，无论是在公众面前还是一个人独处时，唯遵循本心，做一切令自我愉快的事情。

————让－雅克·卢梭

目　录

漫步之一
自身的命运

我孤独地生活在这个世界上，身边没有亲人朋友，没有战友伙伴，只有我自己。这些人联合起来，把我这样一个如此随和、充满深情的人无情地放逐了。他们反复提炼着对我的仇恨，寻思着哪种折磨对我这敏感的灵魂最为残忍，并且粗暴地中断了和我的一切联系。纵使人性之恶，我依然热爱人类。他们只要停止如此待我，我仍会报之以挚爱。然而这些人执意这般，他们于我便成了无关紧要的陌生人了。可是，我断开了和他们的联系、离开了这一切之后，我又是谁呢？这是我需要寻找的答案。不幸的是，探寻这个问题首先要从我当前的处境着手，这使我不能绕过他们来直接剖析自己。

已经十五年了，我一直陷在当前的奇怪处境之中，至今仍感觉像是一场梦。我总是被一种厌腻感折磨着，像置身在一场噩梦中，似乎我就要醒来，摆脱这一切痛苦，可以重新和朋友们在一起。是的，毫无疑问，我须完成一种超越，在睡梦中完成从生到死的超越。我从正常的生活秩序中脱离了出来，进入到一片难以理解的混乱之中，身边的一切都难以辨别；我越是思考自己的当前现状和所在处境，就越是糊涂。

　　唉！我怎会预料到等待我的是这般的命运？我又怎会想象到今天自己被弃之于如是境地？我可以就此推想到，有一天，这个并无变化的我一定会被认为是个怪物，是个凶手，是个毒害大众的人，是社会的渣滓，是被人憎恶的人，所有路过的人都朝我吐口水，整整一代人都恨不得把我活埋才痛快。面对这场莫名其妙的阴谋，最初之时我深感震惊。我感到烦躁不安，无比愤怒，陷入了一种兴奋谵狂的状态中，足有十年之久。在此期间，我不断犯错，做下蠢事，我的种种不谨慎的行为被我的命运裁控者们巧加利用，使我的命运终成定局。

　　我激烈地抗争了许久，却终是徒劳。缺乏机灵，缺少手腕，不懂掩饰，不够小心，率直而坦诚，着急而易怒，我的挣扎越发作茧自缚，让他们抓到了把柄。既然一切努力都是无用的，只是注定失败的自我折磨，我选择了仅剩的路，向命运妥协，服从命运的必然性而不再反抗。在妥协中，我感到了心灵的安然，尽管我的内心仍有痛苦，并意欲继续抗争，然而这种妥协却弥补了我遭受的所有苦难。

　　还有一件事也促成了我内心的安然。折磨我的人被仇恨蒙住了眼睛，以至于忘了一件事：他们应该循序渐进，这样才能达到他们诡计的预期效果，应该总是给我以新的打击，让我的痛苦历久弥新。如果他们足够狡猾，给我留下了一线希望，他们便能够操控我。他们可以继续给我抛出诱饵，把我玩弄于股掌之上，用我一次次落空的希望来折磨我。但是，现在他们却已经用尽了所有的伎俩，我一无所有，他们也筹码尽掷了。他们对我进行诽谤、嘲讽和侮辱，使我消沉抑郁，但是这些既然不会更甚就只会变轻；我们都同样无法控制事态，他们无法加重对我的折磨，而我也无法从中脱身。他们是如此迫不及待地要让我悲惨至极，已经动用了所有人类的智慧，使出了所有魔鬼的狡诈，无法再增分毫。我肉体受到的痛苦非但没有增加我的烦恼，反而分散了我的注意力。我的叫喊替代了呻吟，我身体的苦痛替代了心灵的折磨。

既然事已至此，我还有什么可畏惧他们的呢？他们无法再陷我于更糟糕的境地，不会让我再为此担忧。他们想让我感到忧虑和惧怕，我却觉得内心宽慰。切身的苦痛对我影响不大，凡是能感受到的我都能化解，但是无形的恶事却让我担忧。我那已受惊吓的想象力会把担忧之事放大展开，反复掂量。对我来说，对恶行发生的等待比面对之让我更受折磨，被威胁的感觉比实际受到的威胁更加可怕。但是，恶行一经发生，便褪去了想象力赋予的一切光环，恢复到了其本身的价值。于是，我便发觉这些恶行没有我设想得那么可怕，因此在我为其所累时，反而安心了。在这种情况下，没有新的忧虑，也没有不确定的希望，我每天需要做的只是逐渐适应眼下不会更糟的处境。而随着时间的推移，我的感受力会越来越迟钝，他们再没有任何手段可以激活我的情感。我的迫害者们倾尽了所有招数反而为我做了好事。他们在我身上再无任何支配权，从今以后我可以尽情嘲笑他们了。

我的内心完全充盈着平和的情感，虽然这种状态至今还未满两个月。一直以来，我都不曾惧怕任何东西，但心中仍怀抱希望。我时而受到安慰，时而失望，有它在，无数激烈的情绪就会不停息地打搅着我。不过，一件意外的悲剧也把这微弱的希望之光从我的心中抹去了，使我看到了自己注定的、无法挽回的命运。从这以后，我彻底妥协了，也重新找到了内心的宁静。

当我开始审视我的整个命运时，在我有生之年让公众重新支持我的幻想就彻底不复存在了。即便他们重回我的身旁，没有了我们相互的感情，对我来说也毫无意义了。即使他们回心转意，也找不到原来的我了。我对他们不屑一顾，与他们交往让我感到乏味。我沉浸在一个人的孤独中，比和他们在一起要幸福一百倍。他们已经把我心中社交的甜蜜乐趣扼杀了，在我这样的年纪，这种乐趣不会再发芽了。太迟了。无论他们对我是好是坏，这些行为都不再有意义；无论他们做什么，他们于我都不再有牵挂。

但是我仍然寄期待于未来，我希望更好的一代人能够出现，他们会公正地审视这代人对我的评判和态度，会轻易拆穿这些人的诡计，还原我的清白。就是这份期待，使我写下了《对话录》，并做出多种尝试，让这本书得以传世。这份期待，虽然遥不可及，却每每当我寻觅正直之心的时候，令我心灵激荡。我那份已经抛得远远的希望，又让我成了现今人们的玩偶。我在《对话录》一书中写到了我的这份期待所基于的理由。可我还是错了。我很幸运地及时意识到了，才在我死前感受到了心灵绝对的安宁。我有理由相信这一刻将永远持续下去。

没过多久，新的思索让我感到：寄希望于公众能站到我这边来是多么天真。即使是在另一个时代，这种想法也是荒谬的。因为，公众对我的看法是受那些厌恶我的人引导的。这些人的个体会死亡，但是整个群体不会。同样的偏见会持续下去，这些人对我的憎恨是不死的，好像阴魂不散，永远滋生着事端。当我所有的个体敌人都死亡后，那些神甫和奥拉托利教会的教士们仍然存在。我确信，在这两个群体对我的迫害之下，我死后也不得安宁，就像我活着时他们对我所做的一样。也许，随着时间的流逝，那些我曾经冒犯过的神甫会逐渐平静下来。但是那些我曾经挚爱的、敬重的、完全信赖的、从未触犯过的奥拉托利教士们，这些神职人员，这些几近僧侣的人，却是永远无法改变、不会善罢甘休的。如果说我的罪过源于他们的不公，那么他们的自尊心就会令其永远不原谅我。他们一直对自己精心蛊惑的公众煽动着对我的敌意，让他们对我恨上加恨。

对我来说，这个世界上一切都结束了。谁也不能再把我怎么样。我再无所期望，再也无所忧惧。我就这样安然地处在深渊之中，虽是个可怜的不幸的凡人，但却像神灵一样宁静安逸。

外部的一切对我来说都是不重要的了。我在这个世界上再无亲人、同类或伙伴。我在地球上，却好像身处另外一个星球之上，空降到了这个原非我居住的地方。我所感知到的身边的一切，都是令我心灵痛苦的东西，而我眼睛所看到的周围的一切，那些触动我的种种，要么因其轻蔑而令我愤怒，要么因其饱含悲情而令我难过。所以，让我的思绪远离这些让我徒劳煎熬的种种吧。我将孤自一人度过我今后的生活，因为我只有在自己身上才能寻找到安慰、希望和安宁，我不愿也不必再理会别人。就是在这种状态下，我重新开始了严肃而真诚的自我审视，从前我称其为"忏悔"。我把我生命最后的日子用来进行自我研究，提早准备偿还对自己欠的债。让我们沉浸在与我的灵魂对话的快乐之中吧，这个是人们无法从我身上带走的财富。如果通过不断的内在思索，能够使我的内心世界更加有序，并赶走那些可能存在的恶，那么我的思索也并非全无用处，就算我在这个世界上业已无用，我也没有虚度最后的时光。我每天的散步，经常充满了令人愉悦的思索，可惜有些没有记住。但凡能再想起来的，我将用笔记下，这样当我重温之时，自然会感到快乐。我会忘掉痛苦，忘掉那些折磨我的人，忘掉我的耻辱，只遐想我心灵的价值所在。

这些文字只是我的一种比较随意的日志，主要是关于我自己的思考，因为一个孤独的人自然会从自己的内心思考多一些。其他一些在散步时冒出来的无关的想法和念头也会被记录下来。我如实地记录下脑海中的想法，前一天的想法和后一天的想法之间通常没有什么关联。但是，当我的思想在我目前这种奇怪的处境中，在情感和思维的牧场上散步之时，我总是会对自己的性情和脾气有新的认知。因此，这些文字可以被看作是《忏悔录》的附篇，但是我不会这样去命名，因为找不到任何可以配得上它们的名称。我的心灵在厄运的熔炉中升华，我仔细地审视着，并未找到该受谴责之处。这个世界剥夺了我心中所有的真情，我还有什么可以忏悔的？我既无可自我恭维的，也无可自我责备的。从此，我在社会上充其量就是个无用之人，我和人们不再有真实的关系和真正的交往。再也做不成任何不会变成坏事的好事，再也不会有任何不是有损别人就是有损自己的行为。自我克制成了我唯一的任务，只要这个责任在我身上，我就要完成它。但是，尽管身体不再有所作为，灵魂却依然活跃，依然不断思考，激发着情感。当所有世俗的兴趣都消失了，内在的精神世界反而扩大了。我的肉体对我来说成了障碍和累赘，我要尽可能提前摆脱它。

在这种特殊的境况下，审视自己当然是非常有意义的，我有生之年的闲暇消遣都花在了此事之上。如果要做好这个研究工作，就需要讲求秩序和方法。但是我发现自己难以胜任，并且容易思维偏离。我做这件事的初衷本是想掌握我的心灵状态的变化及其引发的后果。如果我像自然科学家们研究天气情况那样，也用个气压计去测量我的心灵状态，研究自身的变化，这些精准的、重复的观测也许能为我提供与大气分析一样准确可靠的结果。不过我并不想如此大费周折。我对于现在的研究方法就很满意了，并不打算找到更加系统化的方法。我和蒙田做的是一样的事情，但是我和他的目的却截然不同。蒙田的《随笔集》是为他人欣赏而写就的，而我的遐思则是为总结自己而写的。当我垂垂老矣，临离开这个世界之前，如果能像我所希望的那样，保持着与当下相同的心境，那么阅读这些文字就会让我回想起当初写下它们时的愉悦与甜蜜，往昔之日也得以重现。这样，我便既活在了当下，也活在了过去。除此之外，我还能感觉到与人交往的乐趣。已经老朽的我和年轻的我在一起，那种状态就好像和另外一个年轻的朋友在一起一样。

我最初写《忏悔录》和《对话录》时，一直为它们的命运担忧，想着如何能让它们躲避迫害者们的凶残之手，得以传给后代。写这本书时，我却没有这种忧虑了。我知道这种担忧是无用的，我希望自己能被人们更好地了解的企望已经在心底息止，我现在对命运、对这些饱含我真情实感的文字、对见证我的纯洁的不朽之作已经无所谓了，它们也许已经被毁灭过了。人们对我有所期待也好，为这些文字的命运担忧也好，将其据为己有也好，将其毁于一旦也好，对其篡改伪造也好，从今以后这一切对我来说都无所谓了。我既不会把这些手稿隐藏起来，也不会主动出示于人。纵使有一天，在我有生之年，人们把它们从我身边夺走了，他们也夺不走我写下这些文字时的快乐、我脑子里对内容的记忆、我生产它们时的孤独的思索，这些只会与我的灵魂同在。如果当初，在我最开始陷入困境的时候，我像现在所持的态度一样，不对命运做任何反抗，那么人们所有极端的尝试、所有恶劣的行径在我身上都不会起到任何作用，他们的阴谋就不会打搅到我的平静。即使他们今后诡计得逞，也不会再干扰到我。就让他们以我的耻辱为乐吧，他们无法阻止我因自己的清白纯洁而自乐，在平和的心境中过完余生。

漫步之二
意外事件

于是，我有了描述我的心灵日常状态的计划，鉴于这个心灵是处在最奇怪的境地中，没有任何人曾经历过这样的处境，我认为最简单也是最可靠的办法就是如实地记录我每天的散步和产生的遐思，因为只有在那时我的头脑才是放空的，我的思维才可以无拘无束地自由驰骋。这独处思索的时间是一天之中唯一真正属于我自己的时间，也只有在此时，我才完全是我自己，没有外界的干扰和妨碍，我能够真实地表达本性之言。

　　我很快意识到，我的这项计划开始得太晚了。我的想象力已经不再那么活跃，不像从前那样对很多事情充满激情。

我也不像以往那般沉醉于遐思的美妙之中，现在遐想带来的更多的是模糊的回忆，而不是新的创造。一种不温不火的萎靡在损害着我的天赋；我的才智在慢慢消退；我的灵魂艰难地挣脱身体的束缚向前跃进，如果我不能重新振作起来，今后我就只能生活在回忆中了。因此，为了在我衰没之前更好地观察自己，我至少要更早开始。在我失去了对人世间的一切希望，找不到任何可以滋养我心灵的养料之时，我应该逐渐习惯于心灵的自给自足，在我自身内寻找它需要的一切给养。

这蕴含于我自身的资源被我迟迟发掘，它是如此丰富，能补偿我受到的一切伤害。这种进入自我的习惯使我忘记了曾遭受的苦难。我因此也意识到，真正的幸福感实际源于我们自身，一个真正理解和懂得幸福的人，是不会被人逼迫至真正不幸的。

最近四五年，我时常沉浸在灵魂的静思为内心带来的友好而温柔的喜悦感之中。这些在我独自散步的时候时而感受到的欣喜和陶醉应该归功于我的迫害者们：如果没有他们，我永远也不会发掘并感知到我自身蕴含的财富。面对如此丰富的内心世界，我如何才能忠实地展现它呢？我想重忆起那些美好的遐思，可是我却没有把它们描述出来，而是又沉浸其中了。这是回忆导致的必然结果，当不再回忆时，这种状况也就会终止了。

在我决定为《忏悔录》写个续篇之后，每一次散步，我都会感受到自己进入了这种状态。尤其是在一次散步的过程中，一场突如其来的事件打乱了我的计划思路，使我的思维在一段时间内走上了另外一条轨道。

1776 年 10 月 24 日，星期四，我在晚饭后，沿着林荫大道散步，一直走到了绿茵街，从这里登上梅尼尔蒙丹高地，再沿着穿过葡萄园和草地的小径，徒步来到了夹在两个村庄之间的风景如画的夏洛纳村镇。之后，我又绕路重新在草地上走了一圈。在草地上的踱步让我非常开心，悦人的景色使我心旷神怡，兴致勃勃。我时不时地停下来，观察绿草地上的一些植物。我发现了两种在巴黎很少见而这里却很常见的植物。一种是菊科的黄菊，一种是伞形科的柴胡。这个发现着实令我开心了一阵子，我久久沉浸其中，最后又找到了一种更加稀有的植物，这是水生小鸡草，在这么高的地势上难得一见。我将它们采摘下来，幸运地把它夹在了我随身携带的一本书中，并且之后记载进了我的植物志中。

最后，我仔细观察了另外几种还开着花的植物，这项工作总是让我心情愉悦。后来，我停止了琐碎细微的观察，沉浸到了这项活动带给我的美好感人的情绪之中。

葡萄收获已经过了有些日子了，城市里来的游客也已经离开了，农夫们昨天也都完成了农活儿，离开了地头。现在的田间仍然是满目绿色，一片秀丽，树叶已经飘落，空无人迹，呈现出一种孤独的意味，让人感到冬天的临近。这是一种掺杂着甜蜜和忧伤的情绪，与我的年纪和命运相称，我不由得触景生情。我看到，自己清白并不幸的生活正在走向末路，我的灵魂还尚存鲜活的情感；虽然精神上还存有鲜花，但它们却已因悲伤而枯萎，因烦忧而凋谢。孤独而又被抛弃的我感到冰川一样的寒意向自己袭来，我即将干涸的想象力已经无法创造出虚构的美好存在来填满我的孤独了。我叹息着问自己，我在这里做什么？我是为了生活而生，可是我却觉得还没有真正活过，就要面对死亡了。这一切难道是我的过错吗？世人的阻挠与反对，令我没有将最美好的作品祭献给造物主。但我至少是应该向您献上我的善的意志、真挚的情感和不惧轻蔑的耐心。我泛起一阵心酸的感动，回顾了我年轻时期、成年时期、人们把我从社会驱逐时期以及等待我生命结束这段漫长的孤独时期灵魂运动的轨迹。在心灵情感的回顾中，有既温柔又盲目的爱情、既感慰藉又略感忧伤的念想，也有几年来我从中获得快乐的精神食粮。我已经准备好将这些念想重新忆起，把它们描述出来，在回忆中重温当时的欢乐。我就这样在平和的沉思冥想中度过了整个下午，这令我心满意足。然而，接下来的这件事突然打乱了这种平静。

那天傍晚六点，我从梅尼尔蒙丹高地下来，刚走到"快活园丁"小酒馆对面，突然间，走在我前面的人群慌忙散开，我看到一条大丹犬迎面朝我冲来，它后面紧跟着一辆豪华的四轮马车，很显然它看到我的时候已经来不及避开或止步了。我头脑中闪过一个想法，此时唯一能避免被撞到的办法就是凌空一跃，而且要掌握好时机，当狗在我身下的那一刻我应该正好在半空中。我还没来得及推论这个想法是不是可行，也还没来得及去付诸实践，事故就发生了。在我醒来的时候，完全记不起来当时是怎么被撞倒的了，也完全不记得之后发生了什么。

当我重新恢复意识的时候，已经是半夜了。我被三四个年轻人扶着，是他们跟我叙述了事故的经过。那只速度过快、没能停步的大丹犬整个身子扑到了我的双腿上，由于它的沉重的身体和它的速度带来的惯性，我头朝下被推倒在地。我的上颌载着全身的重量撞到了一块粗糙凹凸的石头上，更何况我是在下坡上面，这一跤摔下，我就没有起来。

年轻人还说，那驾马车紧随其后就快速驶过来了，如果车夫没有及时勒住绳子，整个马车就要从我身上压过去了。后来有人扶起了我，一直等到我苏醒。

夜渐渐深了。我看到天空挂着零落的几颗星星，身边是一片绿草。这最初看到的景象让我感到很舒服。我感觉到自己的存在。此刻我的生命又重新回到了我的身体内，我感到自己轻飘飘的身心正在被我所感知到的周围的一切填满。而除此之外的一切我都不记得了，我既感觉不到自身的存在，也不知道我曾经遭遇了什么；我既不知道自己是谁，也不知道自己在哪儿；我既不觉疼痛，也不感忧虑。我看到自己在流血，就好像看着一条小溪在流淌，一点也没意识到这血是我自己的。我感到我的身心被一种令人愉悦的沉静占据，每次回忆起这种感觉，我都找不到生命中的任何可以与之相比。

有人问我住在哪儿，我已经说不出来了。我反问他们自己现在在哪儿，大家告诉我是在上波纳街。我完全不认识这个地方，这个地名对我来说就像北非的阿特拉斯山一样陌生。于是我又详细问了我是在哪个国家、哪个城市、哪个街区，即使这样我还是不能明确知道自己所处的位置。直到我走到林荫大道上，才渐渐记起来我的家和我的名字。一位和我素不相识的好心先生陪我走了一段路，当他知道我住的地方离这里很远后，建议我去圣殿街乘马车回家。我走得很稳很轻快，虽然一直在咯血，却感觉不到伤痛。我只是一直冷得发抖，哆嗦得上下牙磕打得咯咯作响。当我到了圣殿街后，想道，既然自己还能走路，不如走着回去，这也比坐上马车，却冻死在那里要好。我就这样走完了从圣殿街到普拉特里街的半法里路，一路避开拥堵和马车，跟身体完全健康的状态下辨识道路无异。终于，我走回了家。到了门口，我打开了临街的大门上的暗锁，在黑暗中摸索着上了楼梯，终于平安地到了房间，没发生其他意外。当时，我还没意识到这次事故的严重性。

我妻子见到我时的尖叫声让我明白了事情比我想象的要严重得多。当晚我仍然不觉得伤痛，但是第二天就不一样了。我的上唇从口腔内裂开了，一直裂到了鼻子底下，幸好外面的皮还连着，因此没有完全断开；四颗上牙被撞得陷进了上颌；整个这部分脸都肿得厉害。除此之外，我的右手大拇指挫伤了，肿得老大；我的左手、左胳膊也扭伤了；左膝盖也因为挫伤而肿起，痛得无法弯曲。然而，尽管受了这么多伤，却没有一处骨折，连牙齿都没摔断一颗，这真是个万幸的奇迹。

这就是我这次事故最真实的情况。然而在几天之内，这个消息在整个巴黎都传遍了，只是故事情节被篡改和扭曲得面目全非，以至于完全是两件事了。我早就应该料到会有改编，但是没想到他们的版本里会加入那么多奇怪的情节，还有很多暗示和隐喻，人们和我说起这事时都是一副滑稽、谨慎的模样，这让我不安起来。我一直痛恶那些针对我的暗地里的动作，对此我本能地心生恐惧，这么多年来，这种感觉一直都在困扰着我。在这段时间发生的诸多此类事情中，我将讲述其中一件，不过这足以让大家去做出判断了。

勒努瓦先生是警署总长，我和他从来没打过交道，这次他却突然派秘书来了解我的情况，并说可以给我提供一些帮助，可是他的提议在当前的情况下似乎对于减轻我的痛苦没有任何作用。他的秘书急切地催促我接受这些帮助，甚至和我说，如果我信不过他，可以直接写信给勒努瓦先生。他的殷勤和神秘的表情让我感到这背后一定隐藏着什么秘密，我得搞清楚。他们用不着这么吓我，尤其是我还处在那次事故的后遗症之中，惊魂未定且发着高烧。忧虑的我沉浸于各种不安与不祥的猜测和臆断中。我现在看待事情的方式，更像是一个头脑发热、神志不清的人，这不是一个看淡一切、头脑冷静的人该有的表现。

另一件事的发生彻底地打乱了我的安宁。陶穆瓦夫人这些年来一直对我很是殷勤，个中原因不明。她经常送我一些可爱的小礼物，频繁地拜访我，却并无实际因由。我认为她一定有不可告人的目的，可她却从不向我透露。她跟我说她想写一部小说，献给王后。我跟她谈了我对于女作家的看法。

她告诉我她这样做是为了重振她的财富，因此需要王后的庇护。我对此无话可说。后来她跟我说，因为没有机会接近王后，她决定要把这本书公开出版。其实，她并不是来征求我的意见的，也根本没有打算采纳我的意见。曾经，她提出把手稿给我过目，我劝她别这么做，她也就没这么做。可现在她既已下定决心，我说什么都没有用了。

在我康复期间，一天，我收到了她精装印刷好的这本书，我看到在书的前言中，她对我大加赞美，用词浮夸而又乏味，令我感到十分不悦。这种粗俗的奉承话透露出明显的虚情假意，我的心才不会被此蒙骗呢。

几天后，陶穆瓦夫人带着她的女儿来找我了。她告诉我说她的书因为其中的一段摘录而在读者中引起巨大的反响。我当时在浏览这本书时，因为看得匆忙，没注意到那段摘录。在陶穆瓦夫人离开后，我重读了那一段，研究了她的句子结构和表达方式，我才终于弄明白了她的那些拜访、对我的奉承以及序言里说的那些恭维话的目的，原来都是要让公众认为那段话来源于我，这样在小说面市之后，本来可能会给作者招致的责难便都冲我而来了。

我无法平息这些风言风语，更没有办法消除其带来的影响。我唯一能做的，就是不再接受陶穆瓦夫人和她女儿虚情假意的拜访。因此，我给这位母亲留了张便条："卢梭不再接见任何作者的来访，感谢陶穆瓦夫人的垂爱，恳请勿再光临寒舍。"

她给我回了一封信，措辞看上去非常真诚，实际上却并非如此。其实，即便是别人收到这样的一封信，也会以同样的语气回复。我感到自己粗鲁地在她敏感的心上刺了把匕首，她回信的语气好像要让我相信她对我的情感是如此真挚而热烈，她是无论如何也不能接受我们关系的破裂。这个世界就是这样，直率和坦白反而是令人发指的罪过，我在我的同代人眼中，既恶毒又残忍，只是因为我不像他们一样虚伪和奸诈。

我出门了几次，经常在杜伊勒利宫散步。好几个遇到我的人都面露惊讶，我便猜出肯定还有什么事情是我所不知道的。原来，社会上谣传我已经因上次的摔倒事故而身亡。这个消息传播得是如此之快，如此之肯定，以至于半个月后，有人告诉我，连国王和王后都深信不疑。还有人写信跟我说，

《阿维尼翁信使报》甚至早早地准备好了我的讣告，以悼词的形式来对我进行侮辱。

与此同时，我还无意间听到了另一件奇怪的事情，却无从知道更多的细节。在这段时间内，有人签字准许印刷那些在我的家中找到的我的手稿。我明白了，有人准备在我死后以我的名义出一本文集。如果有人认为他们能够忠实地出版我的手稿，那就是痴人说梦了。这十五年来与这群人打交道的经历让我很确信这一点。

以上这些和其后随之而来的一次次令人惊奇的事件，使我原以为已经半死不活的想象力彻底复苏了，这些人在我身边锲而不舍地暗地里捣鬼，更加重了我的厌恶之情。我已经厌倦于对此发表评论了，也不想再去弄明白那些解释不清的谣传了。唯一不变的结果就是所有这些事情都验证了我之前的结论，我本人的命运和名誉已经被这代人一致地盖棺论定了，我自身再做努力也无济于事。我无法把关于我的真实情况传达给后人，而任何材料在经过这些人的手时，都会被歪曲，且毫不留情。

不过这一次，我想得更加深入透彻了。发生的一件又一件意外的事情，所有我最残酷的敌人都被命运垂青：有些人掌控政府，有些人主宰公众舆论，有些人身居高位，有些人声望斐然……这些人中对我藏有敌意者，他们之间的默契和协作是如此惊人，所以不可能仅仅是巧合，他们一定是在策划着一个共同的阴谋。哪怕只要有一个人不与之同流合污，哪怕只有一件反对的事情、一个意料之外的障碍，都可能让这个阴谋以失败告终。然而，所有的人心意愿、命运所向和事情的发展，都更加巩固了他们的阴谋，他们的协作如此完美，堪称奇迹，这让我不禁怀疑，难道他们的成功是上天的旨意？不论是过去还是现在，我所观察到的种种现象都让我更加坚定了这个念头，这是无法用人的理性解释的天机，是人性之恶的必然成果。

这个念头，非但没有让我感到痛苦，反而使我获得了安慰，我的心也趋于平静和安宁了。不过，我并不像圣奥古斯丁那样，只要是神的旨意，哪怕入地狱都心甘情愿。没错，我的妥协没有那么高尚无私，但却与圣奥古斯丁同样纯洁，在我看来甚至更加无愧于上帝。上帝是公平的，虽然他现在让我受苦，但他知道我是清白的。这就是我依然怀有信仰的因由。我的心和我的理性都大声地告诉我，我的信仰是不会欺骗我的。所以就听凭这些人和命运去折腾吧，学习忍受这一切而不去埋怨；最终一切都会过去，而属于我的那天迟早都会来临。

漫步之三

活到老学到老

"我活到老学到老。"

　　古希腊梭伦在他晚年之时经常吟诵这句诗。其实，我也同样欣赏这句诗。不过，我用了二十年的经验才得出了与之相反的看法：我宁愿自己更无知。逆境当然是一个很好的老师，但是付出的学费却太过昂贵，通常我们从中学到的东西还不如我们付出的多。另外，在我们学习到这些迟来的经验之前，可以付诸应用的时机已经过去了。青年时期是学习经验智慧的时候；老年时期是加以灵活应用它们的时候。经历总是有所教益的，我承认这点，但是这些教益只有在我们还拥有未来时才能用得上。在我们行将就木之时，去学习如何生活，来得及吗？

　　啊！从我坎坷的命运和他人对我的无情摆布中获得的启迪，来得既晚又痛苦，对我来说又有什么用呢？我只有对自己苦难的处境越敏感，才能对造成我这种苦难的人们越了解。然而这种了解，虽然帮助我识破了他们布置下的陷阱，却不能助我躲避开任何一个对我造成的伤害。如果我这些年没有像个傻瓜一样，情况就会好很多。我将信任给予了那些所谓的朋友，成了他们的玩偶和牺牲品。他们用诡计包围了我，我却没有一点疑心！我被他们欺骗了，成了受害者，是的，但是我却自认为他们是爱我的，我的心灵还享受着友情的幻想，想着回馈给他们同样多的友情。这些甜美的幻想终于破灭了。时间和理智向我揭开了惨痛的真相，让我知道了我的不幸没有解药，我只有妥协。因此，我在这个年纪上积攒的所有经历对我现在所处的境地都是没有任何教益的，对将来也没有任何借鉴的意义。

　　我们一生下来，就进入了一个竞技场，直至生命终结才能出来。当一个人已经到了赛马的终场，再去学习赛马技能又有什么裨益呢？这个时候要思考的唯有如何走向结束。一个老年人要学习的，如果还有这个必要的话，也只是学习如何走向死亡。而在我的年纪，想得很多，学了很多，唯独忽略了学习怎样去死。所有的老人都比小孩更渴望继续活着，因此在这方面，他们没有年轻人姿态那么优雅。因此，他们所做的一切都是为了这一生过得更好，但却看到了自己所做的一切最终都成了徒劳。他们所有的挂念，所有的财富，所有辛勤工作的夜晚的成果，都将随着死亡而不复存在。他们没有想过，这一生的成果没有一样是能随着死亡带走的。

对于我来说，我自己认真思考过这一切。尽管我的这些思考没能让我更好地做出决定和拿定主意，但是我及时地进行反思并消化了这些思索，也是不错的。我自从童年时代，就被抛进了这个世界的旋涡中，我的经历早就告诉我，我是不适合在这个世界上生活的，我也永远达不到我的心灵所期盼的那种境地。于是我停止了在人群中追寻那无法找到的幸福，我炽热的想象力已经越过了我仿佛刚刚展开的生活，它从一块陌生的土地上起跳，落在了一处平稳的立足之地。

这种感觉，在我的童年就萌发孕育，又经过我的整个人生中的各种不幸和挫折的巩固，让我一直在找寻自己的本性

和命运，比其他任何人都饶有兴趣和认真细致。我见过许多
在这上面卖弄学识的人，但是他们却压根不了解自己鼓吹的
理论。为了比其他人更博学，他们研究宇宙的秩序，研究一
些机器的原理，然而只是纯粹出于好奇。他们研究人性，只
是为了能侃侃而谈，而不是想要真正了解；他们进行钻研，
只是为了教育他人，而不是为了自己从中受到启发。他们中
的一些人只是想出一本书，不管是什么书，只要受欢迎就好。
一旦书出版了，书的内容就无关紧要了，除非是为了再改编
来满足他人的口味，或是该书受到了攻击，否则对他们自己
来讲就没什么阅读的必要了，也不管书的内容真伪，只要不
被驳倒就好。而对我来说，当我决定要学习时，这是为了我
自己增长知识，而不是为了教导别人；我一直认为，在教导
别人之前，自己应该了解得够多才行，对于我这一生想要在
人们身上弄明白的所有东西，我即使自己一个人在一座注定
度过余生的孤岛上也能搞清楚。我们要做的很大程度上取决
于我们的信念，除去那些不是生理上的首需的一些事情，都
是我们的信念在左右着行为。我一直尊崇这个原则，并尝试
以此了解生命的真正目的。但很快我就意识到，其实并没有

这样做的必要，并为自己那点能灵活地为人处世的才华感到欣慰。

　　我出生于一个崇尚美德、以慈悲为怀的家庭，后来又被一个充满智慧和虔诚的牧师呵护着抚养大，因此我自从童年时期，就潜移默化地接受了一些道德准则的熏陶。有些人说这些是成见，但是这些准则一直在影响着我。我当时不成熟并且由着自己的性子来，我被一些友好的假象吸引，被虚荣心诱惑，被期待蒙蔽，被现实逼迫，我改信了天主教，但是，我的内心一直是信仰基督教的。然而，后来我渐渐习惯了新的信仰，并对其产生了真挚的情感。华伦夫人的言传身教让我更加笃信天主教了。我在乡村的寂寞环境中度过了最美好的青年时光，大量的忘我阅读让我的感情更加真挚。那时，我几乎像古典作家费纳龙一样虔诚。在隐居中的沉思，对人性的研究，对宇宙的观察，这些让我这个孤独的人不断地向造物主靠近。我怀着轻微的忧愁，探寻着造物主创造出这一切的起因和结果。命运把我甩在世间的洪流里，我再也找不到任何能让我开心片刻的东西。我怀念往昔悠闲的时光，对现在身边一切能带来财富或荣誉的事情没有任何兴趣。我对自己想要的东西既不笃信，又担忧。我期待的越少，得到的越少。我感到，即使是在我幸运的时候，当我已经得到了自己认为所寻找的一切，我心中的空缺也不会因被其填满而感到幸福。因此，这一切都让我对这个世界不再眷恋，在那些把我孤立起来的不幸到来之前就已经如此了。我到现在四十岁了，一直在贫困与富有、理智与偏颇之间摇荡，虽然有很多坏习惯，心灵却没有任何恶的倾向。我随性地生活着，并不遵从什么理性制定的条条框框；对于应尽的责任虽不是很上心，却也不反感，但对它们的理解尚未到位。

　　年轻的时候，我把四十岁定为我努力和抱负的一个阶段性终点。我决心坚定，过了这个年龄，不管我处于什么处境，我都会安之若素，不会再为脱离这种处境而做挣扎，我将随遇而安地度日，不再为明天而操心。我的四十岁到来了，我顺利地实行了这个计划，尽管当时我的命运似乎要转变得更加安稳，我却毫无遗憾地甚至是满心欢喜地放弃了。我摆脱了这一切诱惑和虚无的期待，完全沉浸在灵魂的放松中。这是我最爱的状态，也是我的天性最持久的状态。我离开了浮夸的世界，抛弃了一切矫饰，再也不用佩剑，不用戴表，不用穿白色长袜，不用佩戴镀金饰物和帽子，一顶简单的假发和一件宽松的呢子大衣就足够了。我的贪念曾经让我很看重这些矫饰，如今它们都被我摒弃了，贪欲也被我彻底从心里清除了。我辞去了当时并不适合自己的职务，而去整页地抄写乐谱，这是我一直的兴趣所在。

我的改变并不仅局限在外部事物上。我感到这种改变还需要一种更艰苦的、也是更为必要的在思想意识上的转变。为了能一次性地成功，我严格地审视着自己的内在，并要在有生之年对其进行校正，以在我临死前达到我所希望的那种境界。

我身上正在进行着一场大的变革，另一个精神世界正在向我敞开，我开始察觉到人们对我的那些荒谬的评判是多么的荒唐。我不知道自己还要受多少伤害。我越来越需要一种新的追求，异于以往的不真实的虚荣。这种虚荣好像一团雾气，刚刚飘过来我就已经感到恶心了。我希望在我今后的生命中，走的路能够比前半生更加笃定和踏实。长久以来，这一切都让我感觉是时候要做一次大的反思了。我于是开始行动，不忽略任何一件我经历过或者与我相关的事，只为了反思更加深刻和透彻。

就是在这段时期，我开始彻底与世隔绝，并且从此时起爱上了孤独。我正在潜心撰写的作品只能在隐居的状态下完成，它需要我长时间安静地思索，不受纷乱的社会的干扰。因此，那段时间我不得不换了一种生活方式，但是随后我就发现这种生活方式是如此适合我，从那以后我就一直这般生活，即使偶尔被迫中断，我也会急迫而心满意足地回到那种状态中去。后来，人们故意把我孤立起来，本是想让我感到痛苦，却恰恰适得其反，成就了我自己无法获得的幸福。

我全身心地投入到作品的写作中，这项工作的重要性和必要性，让我为之付出了与之相配的热忱。我当时与几位现代哲学家交往，他们和古代哲学家大不相同。他们不但没有解除我的疑问，坚定我的决心，反而让我对一些重要并确信的东西产生了动摇。因为，他们是坚定的无神论者，又非常专断和教条主义，完全不能容忍他人在一些问题上与自己有不同的看法。我经常无力和他们争辩，因为我既不喜欢争吵又不善言辞，但是我绝不会认同他们这恼人的学说，而这为我招致了这些坚持己见、不能容忍与自己观点相左的人的敌意。

他们并没有说服我，但我却被他们扰得心绪不宁。他们的论据并没有让我完全信服，但是却让我产生了动摇与怀疑。我没有找到任何合适的反驳，但我深信反驳他们的理论应该是存在的。我为自己在这方面的愚蠢而自责，但我知道自己没有什么过错。虽然在理智上我并没有做出有力的反驳，但是我认为精神上的信念较之更有力量。

我一直在思索：难道我就要因为他们这些人的夸夸其谈而摇摆不定吗？我都不确定他们如此大力鼓吹的、致力让别人都信服的这套理论是不是他们自己真正相信的。他们的狂热已经蒙蔽了他们的学说，他们表现出的想要让人相信他们所言之物的这种关切，已经让人无法看懂他们到底相信什么。我们能够相信政党的领袖会有虔诚的信仰吗？他们宣传的那套都是针对别人的。而我需要的是针对自己的指导思想。趁现在还来得及，我要全力探寻，好为余生寻找一套固定的行为原则。我已经处在一个成熟的年龄上，有着健全的心智。我正在走向晚年。如果我还继续等待，即使我再深思熟虑，我那时的才智也不及现在了，我的头脑会不再活跃，我那时能做的将会比现在最好的状态差很多，抓住此刻吧：现在正是我外在和身体上的变革期，也是我精神和思想上的变革期。我这次将问题思索清楚后，在今后的日子里我就要知道应该怎样度过我的余生了。

我在数年间缓慢地执行了几次这个计划，每次都集中精神全力以赴。我强烈地感觉到，往后生活的平静和我的命运都与此相关。我先是感到自己深陷迷宫，到处都是困难与阻碍、曲折与黑暗，以至于多次都想过要放弃；我几乎要放弃我徒劳的尝试，改用一种小心翼翼的态度去思辨，避开那些我费尽心思想要搞清楚的原则。但是我并不是这样谨慎的人，我觉得我并不适合成为这样的人，如果我以谨慎为原则指导我的思索，就好像在海上航行，风暴肆虐，没有船舵，没有指南针，没有人提醒，却要找到那个注定的无法到达的港口。

而我继续坚持着：这是我人生中第一次如此勇敢。我承受住了未曾预料的厄运，正因这股勇气的支撑我才没有被其压倒。我以无人能比的热忱和真挚投入到探寻之中，确定了生命中最为重要的方向。即使我的做法是错误的，至少也可以确信我的错误不应被视为罪恶，因为我已经尽全力地避免了。是的，我毫不怀疑，我自孩童时代就形成的习惯性思维以及我内心的欲望都会促使我更倾向看到事物令人慰藉的一面。人们很难不去相信他们热切向往的东西，谁能够怀疑是否有来世的审判会让大多数人对他们的信仰抱有希望或怀有恐惧呢？我承认，这一切都会干扰我的判断，但是我的信仰不会因此而动摇，因为无论任何事情，我都会避免犯错。如果一切的关键都在于过好余生，那么我必须时刻牢记，趁着现在还来得及，至少选择好切入点做到最好，决不动摇。但是，在现在的处境中我最担心的是，我的灵魂和永恒的生命会为这世上的一些毫无价值的享乐所引诱。

我还得承认，我也对那些哲学家们老生常谈的难题困惑不解。但是，我却决定了在人类的智慧尚未涉及的其他方面进行探索。到处都存在无法参透的谜团和难以逾越的障碍，我用我认为最直接的根据和本身最让人信服的观点去解决这些问题。而在遇到异见时则不会因为我解决不了而止步不前，因为这些异议以后自然会遭到与它们对立的理论体系的回驳。如果有人说自己在这些问题上很有经验，那么他一定是骗子。对所有事物，有自己的观点是很重要的，并且要在思考成熟后做出判断。这样我们会避免错误的发生，也可完全正当地免受惩罚。这就是我安身立命的原则与基础。

我这些艰苦研究的成果基本上都被我记录在《一个萨瓦省牧师的信仰自白》中了。虽然，这部作品被同代人糟蹋和辱骂，但是也许有一天，当社会重新恢复了正确的辨别力和信仰之时，它会引发一场革命。

从那以后，我便平心静气地坚守这些经过我长时间谨慎思索得出来的原则，把它们作为我的行为和我的信仰不可动摇的准则。我再也不去忧虑那些我解决不了的反对意见，也不再去担心那些我无法预见的、经常在我脑海中闪现的异议。尽管有时这些问题会让我不安，但是它们不会使我动摇。我总是对自己说：这些不过是一些没有实际意义的空洞的东西，与我的理性所接受的根本原则相比无足轻重。因为这些原则是被我的情感认同的，都在内心热烈的接纳中被打上了认可的印记。在这些超出人类认知的问题上，一个我解决不了的质疑难道就能把如此坚实的理论框架推翻吗？尤其，这个理论是经过我反复思索、小心搭建的，与我的理智、情感，甚至整个生命都如此和谐，并且我能感受到一种与对其他理论不同的内在的赞同。不，那些浮夸的论据永远也无法毁灭我那永久的天性和这个世界以及自然秩序之间的契合关联。我在相应的精神范畴内也发现了这种契合，这种思想体系是我思索钻研的成果，是我能够承受自己悲惨生活的精神依靠。如果换成其他的精神体系，我将失去精神的力量，并因绝望而死去。我将成为最悲惨的人。所以，我满足于这个精神体系，仅仅有它便足以使我感到幸福，无论是命运还是攻击我的那些人，都不能动摇我对它的坚守。

  我的这番思索和从中得出的结论，难道不像是上天为了让我准备好迎接等待我的命运，让我得以承受之而早已注定的吗？如果我处在可怕的焦虑中，要在这种常人难以想象的境地中度过余生，就难以找到可以将我和那些无情的迫害者隔离开的庇护所。我没有为在这个世界上遭受到的耻辱而得到过补偿，我永远也没有希望能够获得正义和公道的对待，我看到自己被抛向了没有任何凡人经受过的残酷的命运之中，我将会变成什么样，我还会变成什么样？我现在因清白而内心宁静，我以为我会得到人们对我的尊重与善意，然而，当我敞开心灵并饱含信任地向朋友和兄弟们倾吐衷肠时，那些小人却在暗中算计我，将我死死困在地狱深处的陷阱中。我遭受了不可预见的不幸的打击，原本骄傲的灵魂被玷污，不知道为何被人拖进污泥之中，陷入耻辱的深渊里，内心被可怕的黑暗笼罩，只存阴暗的思想。一件意料之外的事情就可以将我打垮，如果我不事先积攒力量，准备好要从跌倒的地方站起来的话，我永远也不可能从这种突如其来的打击中走出来。

在经过了数年的精神激动和烦躁不安的状态后，我终于能够找回清醒的头脑做回自己了。我感受到了自己为了对抗困境而付出的智慧的代价。我将我的信条和我的具体情况结合比较，审视所有我认为重要的事情，发现我对于人们荒谬的评判和这短暂人生中的一些小波澜太过在意了。人生实际是一个经历各种考验的过程，这些考验是什么样的并不重要，考验越大，越艰巨，越多样，能够撑过这些考验对我们来说才越有益处。对于任何一个能够预见到其后带来的益处的人来说，即使是最强烈的痛苦，他都能忍受。我从之前的沉思中收获的主要成果，就是这种苦尽甘来的确信感。

是的，我受到了铺天盖地的侮辱，这些来自各方的伤害就快把我压垮了，我会不时感到担忧和困惑，这使我对希望的信心大受动摇，扰乱了我安宁的心绪。这时候，那些我无力对抗的强有力的反对意见就会以更加强劲的姿态回到我的脑海中，准备着在我被命运的重负压垮、即将泄气之时将我彻底打败。经常，我听到的一些新的论据会让我重新想起曾经折磨我的那些观点。啊！我的心难受得快要窒息了，我于是对自己说，如果在这可怕的命运中，我只看到了我的理智带来的安慰的幻象，那么是什么让我如此绝望呢？如果我的理智毁掉它自身的杰作，推翻一切在逆境中辛苦建立起来的希望和信心，那么麻醉我的幻想在这个世界上还有立锥之地吗？

如今整整一代人认定我的原则和理论是错误的，只有我自己赖以为生，这是充满偏见的。他们认为真理和事实存在于与我所持的观点正相反的理论中，甚至认为我并没有对自己的原则和理论虔诚地信仰。而我却是心甘情愿投身于这种世界观，虽然我遇到了很多不可逾越的困难，其中也有一些我无法解决，但却不妨碍我继续坚持下去。难道真的是"众人皆醉我独醒"吗？是不是只要事物合我的心意，我就应该认为它们原本就是这样的呢？我能够清醒地把信心建立在其他人都认为不可靠的表象上吗？连我自己的感觉与理智不一致时也觉得是虚幻的事物，我还要去相信吗？如果我用迫害者们所奉行的信条作为武器去对抗他们，是不是比只停留在坚持自己的理论，任由他们攻击而不去反击要好呢？我自认充满智慧，实际却因失误而上当受骗，成了受害者和牺牲品。

多少次了，在这些自我怀疑和摇摆困惑的时刻，我都因绝望而准备放弃了！如果这种心态再持续一个月，我的后半生就要完了。然而，这些危机时刻虽然出现得频繁，但却持续不久。而现在，虽然我并没有完全摆脱危机的纠缠，但是它们出现的次数少了，持续时间也短了，因此不像以前那样会打扰我的安宁了。这些轻微的忧虑无法扰乱我的灵魂，就好像鸿毛入江，不会掀起波澜一样。我感到，重新去慎重考虑上述的这些问题，可能会带来对我当时尚未探索到的真理的新的启迪，或是说对真理有了更成熟的判断，对真理的追求也更加热忱。

因为当时我的处境和现在不同，所以我没有理由赞同那些在我快被绝望压垮之时还增添我痛苦的观点，甚过于赞同那些在充满活力的年龄，在思想完全成熟之际，在经过认真审慎的研究后，在我已经处在生命平静的状态中，所有的兴趣只在乎探求真理之时形成的观念。如今我的心灵因悲伤而紧缩，我的灵魂因烦恼而衰弱，我的想象力变得胆小不安，我的脑袋里充满了那些包围我的可怕的谜团。现在我的智力和才华因年老和烦恼而减退，失去了蓬勃的朝气。难道我要放弃自己辛苦积蓄的精神力量，去相信会让我遭受不公的待遇而饱受精神之苦的道理，而抛弃那些能让我从不应该遭受的折磨中得到补偿的理性吗？不，在我决定要投身思索这些重大问题之时，我比平时更清醒、更理智，信仰更加坚定。我当时无视困难，而如今这些困难却困扰着我。如果这些困难现在要衍生出我未预料的新困难，那它们也只会是一种形而上学的巧妙的诡辩，是不会动摇那些永恒的真理的。这些真理经过了时间的检验，为所有智者所崇尚，为所有民族所认可，在人们的心灵上刻下了不可磨灭的印记。我知道，在思索这些问题时，人类的理解力受到其辨别力的局限，并不能从各方面彻底弄清楚。于是，我只能思考我智力范围内的，而不去尝试那些超越我能力范畴的问题。我的这个选择是合理的，我的情感和我的理智也都就此达成了一致。既然有这么充足的理由让我继续坚持，我又有什么借口放弃呢？我坚持自己的选择会有危险吗？我放弃这个选择会有益处吗？我如果接受了我的迫害者的观点和学说，就会被他们的道德观同化吗？他们的道德观是没有根基的，也是没有成果的。这些人在书中夸夸其谈或是在舞台上夸张地表演，而他们所鼓吹的道义却并没有进入他们的内心，或是跟他们的理性相结合。或者，这种神秘而残酷的道德观是他们这帮信徒行动准则的幌子，他们只遵循这个准则，并且也以此来对付我。这种道德观的最大特点就是其具有极大的攻击性，但它并非出于自我保护的目的，因此只会对他人造成侵害。它对目前处境下的我有什么用处呢？只有我的清白和单纯之心在苦难中支撑着我，如果这唯一的、有力的支撑也失去了，取而代之的是邪恶和歹毒，我不知比现在还要痛苦多少倍。如果我也用恶的手段，能损害到他们吗？即使我成功了，我给他们造成的痛苦能减轻我自己承受的痛苦吗？很可能到头来，我将失去我自己的尊严，并且一无所获。

　　就这样，我经过一番认真的思考，坚定了自己的原则，不再被那些骗人的说辞、无法解决的异议和超越我能力范围甚至是人类精神范畴的困难而动摇。我自己的原则建立在我为其构建的最牢固的基础之上，受到我良知的妥善庇护，任何学说都无法将它动摇，也无法搅扰我内心的安宁。我的精神萎靡颓废，意志消沉，我忘记了建立自己信仰和所持信条的理性思考能力，但是我永远也不会忘记我从中推导总结得出的结论，因为这是我的情感和我的理智共同认可的，从今以后都要一直坚守。就让所有的哲学家们都来对我指手画脚、横加指责吧，他们会浪费时间、白费力气。在我有生之年，我都要坚定立场，以此为准则。

　　我处在这种宁静的心绪中，很高兴地发现，我感受到了在自己所处境地中所需要的希望和安慰。我被旷日持久的孤独感与凄苦包围，当今整整一代人又以一触即发的敌意和卑鄙的行为不断地打击我，我也会感到低落。渺茫的希望和诸多疑虑让我动摇和气馁，搅扰着我的灵魂，使我悲伤。当头脑无法让我心安时，我就需要回忆以前的疗伤方法。于是，我就又找回了信心。因此，我不再接受冒出来的新主意，这些披着美丽外衣的点子可能会是招致不幸的错误，只会打扰我内心的平静。

于是，我把自己局限在一个很小的认知范围内。我做不到像梭伦那样活到老学到老，我甚至还得提防自己出现危险的争强好胜的冲动，贸然学习那些我力所不能及的东西。然而，即使我不会再获得新知识的有益启迪，也并不意味着我在道德方面无所修为。况且，我现在的处境需要我的品德更加完美，这于我是很重要的。因此，是时候丰富和充实我的灵魂了，当它摆脱了使它盲目、受到局限的躯壳，看到了不被遮蔽的真理时，我的灵魂可以汲取它丰富的内涵，看透那些虚伪的学者们所吹嘘的空洞知识的无能无用。它会叹息那些逝去的时光，想要将其追回。然而，耐心、温和、忍让、无私和公正是可以随着灵魂而去的无价之宝，不用担心死亡会让它们失去价值。我要把我的余生献给这独一无二的、有益且值得的研究上。我不奢望去世之日强于我出生之时，但若取得了自身的进步，在死亡之时，能够比出生之时更富美德，我也是幸福的。

漫步之四

真相与谎言

在我至今仍会不时阅读的为数不多的书籍中，普鲁塔克的作品是给我印象最深、让我受益最多的。这是我童年的启蒙读物，也将是我老年的最后读物。普鲁塔克是唯一一位我每逢读其作品，必然从中受益的作者。前天，我在他的伦理学著作中读到《如何吸取敌人的长处》这篇文章。那天，在整理几位作者寄给我的书籍时，我无意中看到洛西埃教士的一篇文章，标题下面这样写道："致献身于真理之人——洛西埃。"我对这些先生们遣词造句的厉害功夫一直深有体会，因此我也理解这句话的背后之意，我明白他想用这一礼貌的言辞，说刻薄的反话，予我一击。可这是为什么呢？为什么要进行这样的嘲讽？我有什么把柄被他抓住了？我要听取普鲁塔克的教导，决定在第二天散步时尝试对这一嘲讽来做一番反省。结果我认识到，镌刻在德尔福神庙的格言"认识你自己"并非如我在《忏悔录》中所认为的那般容易做到。

第二天，当我实践这一决定去散步之时，脑海中首先出现的想法是我年幼时的一个恶劣的撒谎行为。这个记忆影响了我一生，直至如今年迈，仍冲击着我原本已伤痕累累的心。这一谎言本身是个巨大的罪过，而且其影响远比我意识到的还要恶劣，我因此承受着难以想象的自责。然而，在我回忆我说谎时的心态时，我记得这一谎言不过是因羞耻心而起，绝无伤害他人的本意，我甚至可以对天发誓，说谎后我为这种无法抗拒的愧疚感所困，我甚至愿意不惜一切代价独自承担所有后果。我很难去解释当时那种头脑糊涂的状态，我感到，在那一刻，我天性的胆小内向压制了我的本心。

这一错误之举的记忆以及它留给我难以抚平的悔恨带给我一种恐惧感，正是这种恐惧感让我心中的罪恶感伴我余生。当我选定"献身于真理"作为我的座右铭时，我认为自己就是生来为了实践它的，坚信自己会恪守不悖。当看到洛西埃教士的那句话之后，我开始了更加审慎地自我反思。

于是，在进行更加深入的自我剖析的过程中，我吃惊于那些自己凭空认为如此但却当作事实讲过的事情数量之多。当时我以热爱真理为荣，像我这样甘愿为之付出人身安全、个人利益甚至自我生命的人在世界上绝无仅有。

最令我吃惊的是，在回忆这些编造的事实时，我并未感到真正的懊悔。一个厌恶谎言、心中容不得谎言的我，一个甘愿受酷刑也不愿说谎的我，为什么竟然会心血来潮地说出这些无用无益的谎言？在这五十年中，我因撒谎而受到的良心的折磨从未停止过，可我为什么自我矛盾地心中并不感到一点后悔呢？我对自己的错误从不曾漠视，道德的本能始终在很好地引导我，我的良知也一直保持最初的完整，然而面对个人利益的引诱，良知不免还是会发生变化。为什么人们可以激动地为他们的错误找到哪怕一点可能找到的借口辩解，我却能保持正义，反而却在一些无关紧要的事情上不能同等对待呢？我认为这个问题的答案取决于对自我的评价是否合理。在仔细思考之后，我终于得出了结论。

我记得曾在一本哲学著作中看到，撒谎就是隐藏本应该展示的事实。根据这一定义我们可以推断出，对于一个并非必须公之于众的真理缄口不言并不是撒谎；但是在同样的情况下，一个不满于无法说出真相的人说了相反的话，算不算撒谎呢？根据这本书中的解释，这个人不算撒谎。好比说给一个我们不欠他钱的人一枚假币，这确实欺骗了他，但是不能算作是诈取钱财。

这里出现了两个需要思考的问题，每一个问题都特别重要。第一，既然我们并非总是有义务说出真相，那么我们究竟什么时候、在何种情况下应该向他人告知真相？第二，是否存在可以无恶意欺骗的情况？第二个问题的答案很明确，我很清楚，在很多书中的答案都是否定的。因为书中的道德标准再严苛，作者也不会因此付出什么代价。然而在社会中答案却是肯定的，因为书中的道德被认为是无法实践的一纸空文。让我们搁置二者的矛盾，按照我的原则解决这些问题吧。

普遍、抽象的真理是最宝贵的财富。没有真理，人类如同失明。它是理性的眼睛。人们也正是通过它学会做人，成为其应当成为的，做其应该做的，并有所追求。个别的真理并不一定是好的，它可能是恶的，更多的是无足轻重的。对于人们来说有必要了解的、与其幸福相关的真理可能并不多。然而不论多少，对于人们来说，这是一种一经发现便可占为私有的个人财富，并且我们不能随意侵占，否则就是罪不可赦的盗窃，因为它来自公共财富，而其传播并不会让其给予者有任何损失。

至于那些毫无用处，既不能用来传授学问，也不能用来应用于实践的真理，它们怎么会是一项应该给予的财富呢？更何况这些真理本身都不是一种财富。所有权是建立在有用性的基础上的，对于没有任何用途的东西就无所谓所有权。我们可以对一片贫瘠的土地声明所有权，因为我们至少可以居住在这片土地上。但如果是一件无用无益的事，不涉及任何人的利益，无关乎真假，它对任何人都没有影响，也不会使人产生兴趣。在道德层面上，没有什么是无用的，物质层面也是如此。没有任何好处的东西不会引起任何义务问题。要达到产生义务的条件，首先它应该是或者可以成为有用的。因此，应当被知悉的真理是能激发正义和公平的，而将之用于没有任何意义的事物上，或是对其所知也毫无用处的空无之物上，无疑是亵渎了真理这个神圣的名称。因此，不具备有用性的真理，不能视为应该被知悉的东西，那么，对这种真理沉默或隐瞒的人就不能称之为撒谎。

然而，是不是这些无益的真理真的在任何方面都百无一用呢？这是另外一个需要讨论的问题，后面我再做详述。现在我们先来探讨上述的另一个问题。

不说真话与说假话是完全不同的，但其产生的结果可能一致。因为，在没有产生任何实际效果时，二者的结果毫无疑问是一样的。凡是当真相无关紧要时，其对立面的错误也是无足轻重的。同理，那些说了与事实相反的谎话并不比隐瞒事实后果更严重；因为，对于无用的真相，错了并不比不知情更糟糕。让我相信海底的沙是红色或者白色，并不比不知道它的颜色更为重要。既然不义之举仅仅存在于对他人犯下的错误中，那么在不伤及任何人的情况下怎么能算不义之举呢？

但是这些简单的结论还不足以揭示答案。为了使答案更明晰，我应该做一个必要说明，来为人们的实践提供种种可能性。因为如果公布事实的必要性仅仅建立在其可用性之上，我们将如何判定这一可用性呢？通常情况下，有人获利就有人受到损失，个人利益也总是与集体利益相对立。在这样的情况下要如何行事？是不是要牺牲不在场者的利益来维护与我们对话者的利益呢？如果对一方有利而对另一方有弊，是应该沉默还是说出真相呢？当集体的利益和个体的利益冲突时，应该怎样处理？我能确定自己已经了解了所有事物之间的关联，并能公平公正地传播真理吗？此外，当我们审视自己对他人所承担的义务时，我们是否充分考虑了应该为自己和真理本身所承担的义务呢？如果我在欺骗他人的时候并没有对其造成损害，是不是可以认为这么做对自己也没有任何影响呢？是不是只要不行不义就永远清白无罪呢？

如此多令人困惑的讨论，可以简单归结为：无论发生什么，哪怕冒险，也要遵循事实。正义本身存在于事物的真相之中。谎言总不长久，谬误总会骗人；一个人如果说了人们不应当遵守或信奉的标准，不论这个真理会造成何等结果，只要说了，就应当为此受到指责，因为他没有加入自己对真理正确的判断。

问题告一段落，但却并未解决。问题不在于"始终说真话好不好"，而是在"有没有始终说真话的义务和必要"。根据刚才的定义来看，得出的答案也是否定的：是否应当讲出真相要看情况，有时即便沉默或隐瞒也非不正当之举。我发现这样的情况确实存在。这里关乎的是找到对这些情况进行判断及确定的内在准则与规律。

但问题是怎样找到这一规律，并证明其无误呢？针对所有诸如此类的艰深的道德问题，我都可以很好地通过良知解决，更确切地说是通过我理性的智慧。道德本能从未曾欺骗我：到目前为止，它一直在我心中保持足够的纯净，我也得以充分信赖它；如果偶尔道德本能面对行为的冲动保持沉默，在我的回忆和反思中，它也能迅速恢复效用控制住我的行为。在这一点上，我可以带着生命结束时接受上帝审问的那般庄严对自己进行自审。

通过人们所言产生的结果来判断言论的好坏，往往不能很好地做出分辨。因为这些结果并不总是显而易见和易于分辨，而且它们同说话时的环境一样是无穷变化的。只有针对说话者的意图本身进行分辨，才能判定其好坏的程度。如果说话的动机不是欺骗，那么他说错了，就不算是撒谎。如果说话的动机就是欺骗，但谎言却不带有伤害之意，甚至有时还有相反的效果，那也不算撒谎。但为了让谎言无罪，仅仅没有伤害的本意是不够的，还需要确定我们对被欺骗者犯下的错误无论如何都不会对他们甚至是其他人造成伤害。我们很难也很少能这般保证；同样，谎言完全无罪的情况也很少见。

为了个人利益而撒谎是欺骗，为了他人利益而撒谎是作弊，为了伤害而撒谎是恶意中伤，也是最恶劣的谎言。对自我和他人无害无益的撒谎不是撒谎：这不是谎言，而是杜撰。以进行道德教育为目的的杜撰称为寓言或传说，而因其目的仅仅是或仅应该是给有用的真理穿上感性和娱乐大众的外衣。在这种情况下，我们几乎不会掩饰谎言，因其仅仅为真相的外衣。这样的虚构，无论如何都不能算是撒谎。

也有其他完全无用的杜撰，比如大部分的故事以及小说，它们通常不含任何真正的教育意义，只是为了消遣。此类，没有任何道德教益，只有它们的编造者会对其进行鉴赏。当他把这种故事如事实般传播，我们基本不会否认这些就是谎言。然而，谁又会认真对待这些谎言呢，谁又会对其编造者进行严厉的谴责呢？比如孟德斯鸠的《克尼德神庙》(*Temple de Gnide*)中，如果说还存在一些道德教益目标，这一目标也因其色情的细节描写和画面感而淡化了。而作者为了为之披上端庄的外衣都做了什么呢？他假装其作品翻译自古希腊手稿，并编造了发现这一手稿的故事来向读者说明该作品的真实性。若这不是撒谎，那么请告诉我什么叫撒谎呢？然而谁敢因此冠作者以撒谎的罪名并将之视为骗子呢？

这不能说只是一个玩笑，尽管作者声明不想说服任何人，他也确实没有做到，公众也不曾质疑他就是这部作品的真正作者，尽管他声称自己只是这部古希腊作品的译者。我认为这样没有任何目的的玩笑不过是愚蠢的孩子气，一个撒谎的人即便没有说服任何人，但终究还是撒谎了；而且应当从读者大众中间区分出有文化的读者和天真而轻信的读者，后者数量更为庞大，他们被看似真诚的作者讲述的手稿故事蒙蔽，毫无顾虑地喝下披着古典外衣的酒杯里的毒药，而如若以现代作品的器皿盛放之，这些读者或许会拒绝。

无论书的内容是否面向不同的读者群做了区分，在所有诚实的作者心中一定存在这样的界定，他们不愿做任何可能让良心受到谴责的事情。因为说对自己有利的谎话同损害他人的谎言一样是撒谎；尽管前者可能不及后者罪过大。给予一个人其不该拥有的好处，就会扰乱公正的秩序；错误地把一个可能获得赞赏的行为归于自己，或把一个可能产生谴责的行为安到他人身上，使得本该有罪的人免于处罚，使得无罪的人被归罪，这都是不公正的。然而，所有与事实相反的话，在某种程度上有损公正的，就都是谎言。以下是严格的界定：所有违背事实真相，而在任何情况下都无损公正的只属于杜撰。不得不承认，所有对待杜撰如对待谎言一样自责的人对道德的要求比我还更为苛刻。

善意的谎言可谓真正的谎言，因为出于利益撒谎，不论是为自己还是他人，和出于损害他人撒谎同样不公正。任何违背事实赞美或指责的，一旦涉及真实的人，也同为谎言，如果是想象中的人，可以随便评判而不被视为撒谎，除非他在编造出来的事实的基础上，对这个想象中的人进行了错误的道德判断。如此他虽没有在事实上撒谎，却是在道德的真相上撒谎了，而后者比前者重要百倍。

我见过大家谓之诚实的人。他们把诚实用在一些无聊的闲谈中,他们会如实地列举地址、时间、人物,不允许自己有任何的杜撰,不编造任何的情境,不做任何夸大其词的描述。对于所有与其利益没有利害关系的事情,他们的讲述都保持最不可违背的真实性。然而,一旦涉及与他们自身私利密切相关的事物,他们会竭尽全力朝着对自己有利的方向去说。如果谎言能派上用场,他们才不管不顾呢。他们的说辞即使听着不对劲儿,也让人无法辩驳,只能接受。这就叫作老谋深算:诚实,再见了。

而在我眼中,诚实的人却与他们恰恰相反。对于完全没有利害关系的事,他们毫不在意他人严格尊重的事实,他们可以编造事实来取悦一个姑娘,但并不会由此进行任何不公正的判断,不会对任何活着的或是逝去的人产生有利或是有弊的影响。然而,一切违背公正和事实,会给他人带来利或弊、钦佩或是鄙夷、赞赏或是谴责的言论,他们心里从来没有想过,既不会去谈论,也不会落在笔头上。他们是绝对诚实的人,即使在违背自己利益的时候也是如此。不过在闲谈中,他们则不愿意诚实到底。他们从不企图欺骗任何人。对其有利或有弊的事实,他们都一视同仁地坦然面对,从不为自己的利益或是攻击对手而说谎。因此，我所谓的诚实人与他人眼中的诚实人的区别是，后者对所有与其无关的事实都绝对忠实，但也仅止于此，而前者并不总是忠实于事实，但是当需要为真理而献身时，却能义无反顾。

　　但是人们或许会问，这种可以随意编造事实、不严格遵循真理的行为，同我所推崇的对真理的热爱如何能在诚实之人身上并存呢？所谓对真理的热爱会不会因为这样的掺杂而变得虚伪？不，它是纯粹而真实的：它是热爱正义的流露，绝对不会是虚伪的，尽管有时会表现得令人难以置信。正义与真理在这种诚实人的意识中是近义词，没有太大区别。他们内心钦佩的神圣真理绝不局限于无关紧要之事或是无用无益之人。他们对真理的理解在于忠诚地实事求是，不论是正面还是负面的评论，荣誉抑或谴责，称赞或是指责。他们不是虚伪的，也不针对任何人，因为受其公平心的约束，他们也不愿意不公正地损害任何人的利益，即便是对自己有好处；因为他们的道德心不允许他们这样做，且他们不会将不属于自己的占为己有。他们最珍视自己的尊严，这是他们最不能舍弃的财富，以失去这样的财富为代价满足他人的利益对他们来说才是真正的损失。因此他们会偶尔对无关紧要的事毫无顾忌地撒谎，并不是为了损害他人或有利于己，所以，自己并不认为这是在撒谎。而对于所有的历史事实、对于所有指导人们的行为标准、正义、人与人之间的关系准则和有益的智慧，他们都小心地保证自己和其他人在这些方面不出差错。他们认为，此外所有的谎言都不能算是谎言。如果《尼多斯神庙》这本书是有益的，那么关于古希腊手稿的谎言就只是无可指责的杜撰；如果说这本书是有害的，那么古希腊手稿的故事就是十恶不赦的谎言。

这就是我对谎言与真相的道德标准。在我的理性认可它们之前，我的心一直在下意识地遵守这些准则，并且它们已经成了我的道德本能。令可怜的玛莉蓉[1]受害的罪恶谎言让我蒙受难以磨灭的自责，让我余生不再敢撒类似的谎以及任何可能影响他人利益或名誉的谎言。我排斥任何谎言，就不用再仔细权衡撒谎的利和弊，也不用再去考虑这是有害的还是善意的。我将二者同视为有罪，并且禁止自己犯这两种错

---

[1] 《忏悔录》中被卢梭诬陷为窃贼的女仆。

误中的任何一种。

在这一点上，就像在其他方面一样，我的性格在很大程度上影响着我的行为准则，更准确地说是影响着我的习惯。因为我几乎不按规则行事，抑或说几乎没有遵守过什么规则，只是凭我的性格冲动行事。我的脑袋里从来没有构思过预先想好的谎言，我从来没有为了自己的利益而撒谎。但是，出于羞耻心，我也会在一些无关紧要的小事或者只关系到我一人的事情上撒谎，以摆脱尴尬的境地。在不得不进行的谈话中，思维的迟缓和交谈中想象力的匮乏迫使我不得不采取杜撰的手段以不至于冷场。在必须说话但脑海中缺乏一些有趣的东西时，我会以一些无稽之谈来避免沉默；而在这些无稽之谈的构想中，我会尽可能注意不使之成为谎言，也就是说不会损害正义和真理，而只是一些对我及他人无关紧要的杜撰之词。我的愿望是至少能用道德上的真理来代替事实的真相，即充分地展现人们心中自然的情感，并从中提取一定的教育意义，将其转化为道德寓言故事；然而我缺乏才智，也不会游刃有余地掌控我谈话的内容。我的思路通常跟不上言语，这就使我说出一些不经过思考的话，冒出一些理智不能苟同的言不由衷的蠢话和谬语。然而,在我做出审慎的判断之前说出的这些话,再也无法进行更改了。

同样是因为这天生的难以抗拒的性格冲动,在一些意外情况或紧急情况中,羞耻和胆怯总是迫使我说谎。虽然这并非出于我的本意,但是因为需要及时回复对方,谎言便出口了。可怜的玛莉蓉事件的深刻印象足以让我永远记得不要再说伤害他人的谎言,但这不妨碍我说出把自己从尴尬中解脱出来的那类谎言。这类谎言尽管只牵扯到我自己,却与影响他人命运的谎言一样违背我的良知和原则。

我对天发誓,如果我可以事后撤回辩解的谎言,讲出事实真相,且在为自己开脱时不会面临新的羞耻,我一定会这样做;但是揭露自己错误的羞耻感仍让我却步,我对自己的错误真诚地悔恨,却不敢更正。一个例子可以更好地说明这一点,用以证明我既不是出于自利也不是出于自私而撒谎,更不是出于嫉妒或恶意,而仅仅是因为尴尬和糟糕的羞耻心而说谎,甚至有时深知谎言会被揭穿并对我毫无用处。

一段时间之前,福勒吉尔先生硬要我带着妻子,同他以及他的朋友贝努瓦去瓦加森夫人的饭店共进晚餐,这位老板娘和她的两个女儿也同我们一起用餐。在进餐的过程中，已经结婚的有些胖的大女儿突然问我是否有孩子。我倏然脸红，告诉她我还没有这个福气。她不怀好意地看着大家笑了，这个动作的意味很清楚，我也看得很明白。

很显然，这一答复根本不是我想要给出的，但我还是有了撒谎的想法。因为以我对同宴宾客的了解，我确定自己否定的回答不会改变他们对这一问题的任何看法。人们料想到这一否定答复，故意等着这一答复，甚至就是为了享受让我脸红的乐趣。我还没有迟钝到连这都察觉不到。两分钟之后，我脑海中就自动有了应给的得体的答复："这是一位年轻女士在向叔叔辈分的男人提出的一个私密的问题。"如果我这样回答了，既没有撒谎，也不会因为任何供认而脸红，同席的嘲笑者就会站在我的立场上，同时会给那个姑娘上一课，让她以后不再对我那么无礼。可是我没有这么做，我没有说应该说的话，而是说了不该说的、对我无用无益的话。因此可以确信，支配我做出回答的并非我的判断，也不是意志，而是尴尬中自然的机械反应。以前，我并没有感到过这种尴尬，那时我会坦然承认自己的过错而不会觉得羞耻，因为我相信人们能看出我弥补过错的意愿，并且我是泰然自若的；但是现在这些不怀好意的眼神让我难堪并不知所措；我现在比以前更加不幸，因此也更加胆小，我撒谎完全只是因为我胆怯。

我对谎言本能地厌恶。在写《忏悔录》时，只要我的天性稍往撒谎的方向倾斜一点，撒谎的欲望就非常频繁和强烈。但是，我并没有对自己的谎言保持缄默或是隐瞒，相反，一种难以解释的原因，也许是出于不愿模仿他人的考虑，我拉着自己往相反方向说假话。我对自己进行严厉的苛责而不是自我宽恕，我的良心告诉我，这样我就不会受到比我对自己更加严厉的来自他人的审判。是的，当我这样说、这样做时，我为自己高尚的灵魂感到自豪。我在《忏悔录》中，倾注了我的良知、真诚和坦率，而这种真挚的程度，恐无人能及。我感觉到，善的力量是胜于恶的力量的，因此我应该把一切都说出来，我也这样做了。

我从未隐瞒，甚至有时说得更多，对于一些编造的情境我大肆渲染，但对事实却说得不多。这种谎言其实是想象力作用的结果，而不是故意撒谎。甚至我将之称为谎言也颇为不妥，因为所有这些添加的情境都不是虚假的。我在写《忏悔录》的时候已经年老，我对经历过的生活中的一些空虚的乐趣感到厌烦和无聊。我凭借记忆写下这些内容，这段记忆有时会想不起来，或是只记得一些不完整的片段，因此我只能用想象力弥补记忆的空缺，但绝不会违背真实的记忆。我喜欢回忆生活中的幸福时刻，有时这种温柔的回忆会带来一些添枝加叶的细节，对这些片段进行一番美化。我讲述我已经忘记的事情，就像是它们本来就该如此一样，就像它们曾经当真如此一样，而不是我记得它们本来的情形，却将其描述成另一番样子。我有时会将事实描述得过于美好，但是我从来没有为了掩盖我的罪恶或是赋予自己美德而撒谎。

有的时候，在谈到我自己时，我不假思索地、无意识地隐藏了我恶的那面，而只展现自己的善。这种故意的隐瞒造成的坏处与另外一种隐瞒造成的好处正好相互弥补了。我在涉及谈到自己善的方面时，通常比谈到自己恶的地方还要谨慎不言。这是我天性的一个奇特之处，人们如果不相信也是完全可以理解的，但是，这却是真实的：我会不遗余力地全面描述自己卑鄙的行径，却极少赞扬自己善良可爱的部分。而且，我经常对自己做过的好事缄口不言，以避免言过其实。

仿佛如果我过分提及，那么《忏悔录》就不是在忏悔，而是在为自己唱赞歌了。我描写了我青年的时光，并没有夸耀我心灵的优秀品质，我甚至还有意略去了那些会彰显这种品质的事实。写到这里，我想起了童年时我的两次善举，但我都未曾提起过，原因如上所说。

我基本每个周末都会去位于帕基的法兹先生家度过一日，他娶了我的一个姑姑，在那里开有一家做印花棉布的作坊。一天，我在轧光机房的晾干棚盯着铁制的轧辊看。闪闪发光的轧辊吸引了我，我忍不住把手伸过去，欢喜地抚摸着滚筒光滑的表面。这时小法兹正在大转轮那里，他把转轮转了一下，碰巧正好压住了我两根较长的手指。我发出一声尖叫，小法兹立刻停下了转轮，但是我的手指已经被碾压了，指甲被压下来粘在了滚筒上，鲜血从指尖涌出。小法兹吓坏了，尖叫着从轮机那侧跑过来，抱着我并央求我别大声喊，否则他就完了。我自己疼得厉害，但是他的痛苦触动了我，我安静下来，和他一起去水槽那里把我的手指清洗干净，把血止住了。他哭着请求我不要告他的状，我答应了他并且信守了承诺。二十年过去了，没有人知道我两个手指上的疤痕是什么事故造成的。这疤痕是永久的。我不得不卧床三周多且手部功能受影响达两个月，对别人说起时则说是手指被一块滚落的巨石砸坏了。

这出于侠肝义胆的谎言啊！

它岂不是比任何真话都美妙吗？

这个事故对我造成的影响很大，因为那段时期正是民兵训练，我本应和我同龄的另外三个人一起，穿上统一的制服，加入街区的训练队伍中。听到伙伴们的锣鼓声从我窗前经过，其中还有那三位和我年龄相仿的伙伴，我感到心痛，因为我只能躺在床上。

我的另一个故事与此相似，那时我的年龄要更大些了。

我曾和一个叫普兰士的同学在普兰宫玩槌球。我们在游戏中吵了起来，还动了手，在争执中他朝我的头打了一棒，位置正中要害。力量要是再大些，足以让我脑袋开花。我立刻倒下了。这个可怜的男孩看到我的血从头发中流出，变得异常激动。他以为自己把我杀了，急忙关心我，紧紧搂着我高声哭叫。我也紧紧抱着他一起哭了起来，心中五味杂陈，不乏仁慈。后来他努力帮我止血。血一直流着，我们两个人的手绢都不够用了，于是他就带我到附近他母亲的家中，家里还有一座花园。这位善良的女士看到我当时的状态差点吓倒，但她还是强撑着来给我包扎伤口。在清洗好伤口之后，她给我敷了一些白酒泡过的百合，这是效果非常好的外伤敷药，在我们当地很常用。这对母子的泪水深深感动着我，以至于我一直把他们当成我的母亲和兄弟，直到不再见到他们，才慢慢淡忘。

我始终对此严守着秘密。我曾经历过很多类似的事故，在《忏悔录》中都没有说出来，因为我是如此不擅长宣扬自己性格中善良的一面。不，当我违背已知的事实说谎时，从不是针对无关紧要的事，更多是因为说话的尴尬或是写作的乐趣，而不是为任何个人利益或是伤害他人。如果有谁能够不带偏见地阅读《忏悔录》，就会感到我在书中对自己优点的坦陈远比坦白一件更大的恶事更加羞耻和痛苦。当然我没有做过这样的恶事，因此也便无从说起。

通过这些思考，可以看出我所主张的诚实更多是以正义感和公正感为基础，而非事实的真相；在实践中我更多地遵循的是道德的指引，而非抽象的真假。我经常编撰出一些无稽之谈，但是我极少说谎。遵循这些原则的过程中，我给了别人不少口实，但是我从未有损他人，也没有谋取更多不属于自己的利益。仅仅在这一点上，我认为说真话是一种美德。其他方面，真相对我们来说仅仅是一种形而上学的存在，无害亦无益。

对于这些区别，我并不觉得满意，自信绝对无可指责。在仔细权衡我应该给予他人的关心时，我是否充分考虑到应该给予自己什么？如果说对他人应当公正，那么对自己当然也要真诚，这是诚实人应当给予自己的尊重。当交流的词穷迫使我求助无害的杜撰时，我不应该这么做，因为根本不应当为了取悦他人而贬低自己。出于对乐趣的追求，我会在真实的事物上添加虚构的点缀，更错的是，我通过无稽之谈美化事实真相，这实际上是对真相的一种歪曲。

但是令我更加难以为自己开脱的，是我选择的"献身于真理"的座右铭。这一座右铭比任何人都更加令我严守事实真相，随时为之牺牲我的利益和改变天性，但这还不够，还要为它克服我的软弱和天生的胆怯。在任何情况下，我都要有勇气和力量来坚持真理，我的嘴不讲述无稽之谈，我的笔不妄写杜撰之事。这就是在选择了这一令我骄傲的座右铭之后我一直告诫自己的，并且不断重复直到铭记在心。我的谎言从不因欺骗而生，它们皆源于软弱，但是这不能成为我原谅自己的借口。软弱的灵魂可以让我们避免做坏事，然而只有目空一切和勇敢的胸怀才能让我们传播伟大的美德。

　　如果没有洛西埃教士的启发，我可能永远不会有这些思考。大概加之利用为时已晚，但至少纠正我的错误，扶正我的意志算是正当时。因为从今以后一切都取决于我自己。无论是在学习这件事情上，还是所有其他类似的事情上，梭伦的准则都适用于所有年龄段的人，任何时候开始学习明智、真实、谦逊和不要自视过高都不晚，即使这些是从自己的对手身上学到的。

漫步之五

岛上的时光

我曾住过非常漂亮的房子，在所有我住过的居所中，没有一个像碧茵纳湖中央的圣皮埃尔小岛这样让我感到真正幸福并怀念非常的。这个小岛在纳沙泰尔被叫作"小土丘"，知道它的人并不多，即使是在瑞士，也没有几个人知道它。我认识的旅行家中没有任何一位知道这个地方。然而，对于追求世外桃源的人来说，这个小岛位置独特，又很宜居。尽管我可能是世界上唯一一个命中注定要孤独度日的人，但我不认为自己是唯一一个喜好孤独之人，虽然我还没有见到谁在这方面能与我相媲美。

　　碧茵纳湖的沿岸有很多岩石和树木，因此显得要比日内瓦湖的湖岸更为荒芜，但是却同样讨人喜欢。这里没有那么多庄稼地、葡萄园，没那么多城市与房屋，但是却有更茂密的绿色植被、更大的草原、更多的大树和绿茵。这里景色相互映衬，地势高低不平。由于岸边没有适合车辆通过的道路，这个地方很少有游客造访；但是对于孤独的沉思者来说却是上好的去处。他们喜欢陶醉于大自然的魅力中，喜欢在远离喧嚣、只有断断续续的莺啼鸟鸣，以及从山间流下的汩汩溪水声的幽静之地静心思索！两个小岛位于这个美丽的近乎圆形的湖中央，一个有人居住和耕种，大约方圆半法里；另外一个要小一些，因无人居住而荒弃，最终这个小岛可能会因为挖土运土，用来修补大岛上海潮及风暴造成的大规模损害而消失。这就是弱者永远只为强者所用的道理。

在小岛上只有一栋房屋，但是很大，舒适而惬意，它和这个小岛都属于伯尔尼医院。税务员一家与仆人居住在这个房子里。房屋旁边有养着很多家禽的饲养场，还有一个鸟舍和鱼塘。小岛虽小，却地形多样，景色丰富，可以孕育各种作物。有农田、葡萄园、树林、果园，还有在湖水的滋养下生出各种灌木的丰美的牧场。小岛沿边有一个地势较高的台地，台地上种着两排树，中间有一个美丽的建筑大厅，在葡萄收获季，每周日两岸的居民都会聚集于此一起跳舞庆祝。

在小城莫蒂埃被人投石块袭击[1]之后，我就躲到了这个岛上。在此地的逗留令人陶醉，我生活得如此舒适自得，我甚至决定要在此度过我的余生。唯一让我焦虑的，就是怕自己被遣送到英国去，我感到有些人已经在着手策划这件事了。我焦虑不安，我宁愿被囚禁于这座小岛，余生都幽居于此。我希望他们能夺走我所有离开此地的力量和希望，并且禁止我与外界的所有交流，好让我不了解世间发生的所有，忘却外界的存在，同时自己也被世界遗忘。

然而，我只有幸在这个小岛上待了两个月，我本应该待两年，甚至两百年，永远，没有一刻钟的烦恼。尽管陪伴我的人只有税务员、他的妻子及仆人，但他们都非常真诚，这正是我所需要的。我把在此地疗养的这两个月视为我人生最幸福的时光，如此幸福以至于余生再别无他求。

不过，我要描述一下岛上的生活，让世人来猜想，这种

---

[1] 1765 年 9 月 6 日，在莫蒂埃神职人员的煽动下，城中居民向卢梭家中投掷石块。

幸福究竟是什么样的，而其乐趣又在何处。首先也是最主要的正是那难得的闲适，我想要享受这种甜蜜的乐趣，我逗留期间做的事，实际上仅仅是一个沉迷于悠闲的人必须有的愉悦的消遣。

我希望他们最好把我留弃在这样被隔绝的状态中。我独自一人，如果没有他人的协助，或是被人发现，很难自己从这个岛上逃出去。如果没有税务员一家的帮助，我无法与外界交流通信。这样的希望让我想要就此度过余生。我以前不曾有这个福气，当时的我认为会有充分的闲暇时间来安排自己的生活，于是开始时便什么也没做。因为突然赤条条地被送到这里，我先后唤来我的女管家，让人分批送来了我的书以及我的行李，然而却没有拆箱，行李箱保持和送来时一样的状态，被放在我的居所里，仿佛我居住在一个次日就要离去的旅馆里。所有东西安然无恙地保持原状，如此甚好，整理它们倒好像是要破坏什么似的。最让我高兴的事情之一就是，我所有的书都原封不动装在行李箱内，并且我没有带任何笔墨。如果一些来信迫使我不得不找来纸笔回复时，我会不情愿地向税务员借来，匆忙完成，并原物奉还，徒劳地希望不需要再借。

　　房间里没有公文和书籍，取而代之的是堆满房间的花草；因为我突然对植物学着迷了，是迪维尔努瓦博士引导我发展的这个爱好，不久我就爱上了这门科学。我现在不想写作，就需要令自己愉悦、不会让懒人觉得麻烦的消遣来打发时间。我开始着手写作《圣皮埃尔岛植物志》，我要毫无遗漏地描述岛上的所有植物，详细到需要将余生全部致力于这项研究。听说有一个德国人写了一本关于柠檬皮的书，我也想写一本关于所有牧草植物、林间苔藓、岩石上地衣的书，而且，每种植物无一遗漏，对所有植物草类都要做最充分的描述。为了实施这一美好的计划，每天早上和大家一起吃过饭后，我都会手里拿着放大镜，胳膊下夹着我的《自然分类法》，去观察小岛的一个片区。我把小岛划分成了不同的小片区，想着不同季节一个一个区地研究。每次观察植物的组织和结构、它们的生殖器官在繁殖时期的作用时，我都体会到一种无可比拟的喜悦和兴奋，因为这些对于我来说十分新鲜。我之前对于不同植物的生殖特征的差异一无所知，因此现在特别高兴能够在常见的几种植物上做一检验，并发现更鲜为人知的现象。我第一次观察到夏枯草的两个细长雄蕊的丫杈，荨麻和墙草雄蕊的弹动，凤仙花果实和黄杨木蒴果的爆裂，这些结果期的各种植物的众多变化让我如获至宝，欣喜不已，就像拉·封丹问人们是否读过《哈巴谷书》[1]那样，我也想问大家是否见过夏枯草的角。两三个小时之后，我带着很多植物标本打道回府。如果下午下雨的话，正好在家里就不会无聊了。

上午的其他时间，我会同税务员夫妇和黛莱丝一起视察工人和他们的劳动成果，我还经常和他们一起劳动。来看望我的伯尔尼人常会看到我在大树上摘果子。我身上绑着一个大口袋，等口袋装满水果后，再用一根绳子把口袋顺到地上。上午的劳动和由此产生的美好心情使得我的午餐时间的休息非常愉悦，但是如若午餐时间过长而且天气也允许，我便会在他们吃饭的时候迫不及待地溜走。当湖面平静的时候，我独自划着小船到湖中央，躺下来，眼睛望着天空，顺水漂流，

---

[1] 此系卢梭之误。拉·封丹曾问人可读过《巴录书》，而不是《哈巴谷书》。前者是次经（即历史上有过争议，最后才被列入正典的经卷）中的一卷，后者是《圣经·旧约》中的一卷。

有的时候一待几个小时，沉醉于模糊而美好的梦境。这样漫无目的的梦境虽然并不持久，而且有时不能如我所愿，但却比我们所谓的那些生活的乐趣更加美妙。有时夕阳西下，我才恍然发觉自己远离小岛，不得不在夜幕降临前使劲儿划船回去。还有几次，我没有在湖中央沉醉，而是沿着树木葱郁的岸边前行，湖水的清澈和两岸树木的倒影勾起我游泳的念头。

我通常会从大岛划船去小岛，从小岛上岸并在那里度过整个下午，时而进行一些小范围的散步，穿梭于稚柳、泻鼠李、春蓼和各种灌木丛之间，时而爬上一些遍布细草、百里香、野花，甚至岩黄芪和苜蓿的沙质小山丘。苜蓿可能是之前人们撒种种下的，很适合野兔在此安家，它们可以安然地繁殖而不被打扰，也不会造成什么不良影响。我给税务员出了这个主意，他便从纳沙泰尔弄来一些雄兔和雌兔，于是，我、税务员夫妇、税务员妻子的一个妹妹和黛莱丝，我们这支队伍就浩浩荡荡地带着兔子出发了。我们把兔子安置在了小岛上，它们在我离开小岛之前就已经开始在那里生殖繁衍了，如果它们能够经得住冬日严寒的考验，岛上现在应该有一大群兔子了。为兔子建立小殖民地那天，我比"阿尔戈号"[1]上的指挥还要自豪，带领我们小团体和兔子从大岛来到小岛，气氛如同过节一般。我还骄傲地注意到，那个怕水总是晕船的税务员妻子也在我的引导之下勇敢地登上了小岛，渡水时都忘记了胆怯。

如果湖水不够平静，无法划船时，我下午会沿着小岛散步，到处采集植物标本，时而寻找舒适僻静的角落坐下来恣意幻想，时而坐在台地和小丘上，眺望美好的令人陶醉的湖面，湖边一侧环绕着的一排排山丘，另一侧则是宽阔肥沃的平原，视野一直延伸到远处的青山。

傍晚时分，我从小岛的山顶下来，自在地坐在湖边隐蔽的沙滩上。波浪的拍打和湖水涌动的声音让我沉醉不已，它们驱走了我所有的烦恼，让我沉浸在美好的幻想中，一直到夜幕笼罩，我才恍然回过神来。水流滚滚而去往返不息涌入眼帘，水声潺潺抑扬顿挫绕耳不绝，此情此景，可谓望川息心，闻水忘返。时而，湖水涌动，世事风云万变的感慨浮于

---

[1] 希腊神话中的一条船，伊阿宋与五十名英雄乘此船去寻找金羊毛。

脑际一闪而过，一瞬间，取而代之的便是湖水的平息。此情此景，令我身不由己流连忘返，直到听到时间的召唤和约定的信号才踏上归途。

晚餐过后，若夜色尚好，我们会一起到台地上散步，呼吸从湖面吹来的清新空气。我们在亭内休息，嬉戏，交谈，或是唱几首比当今腔调古怪的歌曲好听得多的老歌，最终心满意足地告别这一天，回去就寝，只希望明天也能同今天一样。

除了一些令人烦腻的不速之客的打扰，这就是我在岛上的日常生活。请大家告诉我，究竟是什么让我内心如此强烈、温情、持久地怀念这段时光，即使十五年之后，每每想到住在那里的日子，我仍然无法克制内心的悸动。

我发现在漫长的人生旅途中，最快乐的温情时光和最强烈的欣喜却不是记忆中最深刻和最常想起的。这短暂的快乐和热情的时光，不管怎样强烈，即使仍然鲜活，都仅仅是生命线上零星散落的几点。它们数量稀少、转瞬即逝，无法形成一种持续的状态。我内心所怀念的幸福并不是由短暂的时刻构成的，而是一种单纯持久的状态，其本身并不激烈，但是它持续的时间愈长，它的魅力愈大，而最终达到一种无上的幸福。

世间万事万物都是不断变化的。没有什么会保持一种永久不变的静止状态，我们对于外界事物的情感同外界事物一起经历必要的变化。我们的情感并非总与事物的发展同步。我们总会想起一去不复返的过往，或是预感往往不确定的未来。没有什么东西可以让内心坚守不变，在这世上我们拥有的仅仅是不断成为过往的快乐，对于能够持久的幸福，我不确定是否存在。在我们最快乐的时刻，希望这一刻永远持续，时间也不会就此停留。幸福过后，我们陷入空虚，只好对过往惋惜遗憾，期望未来再次经历此刻。这种不安的状态，怎么可以称之为幸福呢？

但是如果有一种状态，我们的心灵找到了足够坚实的依靠，能够自由而放松地栖息，不需要回忆过往，也不需要跨越未来；时间也不再是问题，时间流逝不问期限，没有任何断续的痕迹，没有任何其他失望或是快乐的情感，没有幸福或是痛苦，没有渴望或是害怕，只有对存在的感知，而这一种感知足够将之充实。只要这种状态持续，这时候的人就可以被称为是幸福的，这并不是像生活中贫乏而有限的不完全的幸福，而是满足、完美和充实的幸福，不会在内心留下任何需要填补的空虚。这就是我在圣皮埃尔小岛冥想时经常处于的状态，我或是躺在随水流漂动的船上，或坐在湖水涌动的岸边，或是站在一条美丽的小河旁，或停留在流过沙石的汩汩小溪边上，沉浸在美好的遐想中。

在这样的情况下，我们会有怎样的愉悦享受呢？没有任何自身以外的事物，只有自身和自身的存在。只要这样的状态持续下去，我们就可以像上帝一样实现自我满足。从其他的情感中脱离出来而只感受自身的存在感，这是一种珍贵的满足感和平静感，这一点就足以宝贵和美妙，为此我们应该摆脱所有不断打扰我们内心平静的情欲和情感。但是大多数人，因为经常被冲动鼓动，很少了解并完整地体会这一状态，对之仅有模糊粗浅的概念，而不能真正体会其魅力，掌握其真谛。在目前的社会情况下，很多人贪婪地追求生活甜蜜的刺激，他们的需求日益增长，他们要承担的义务也就越来越多。然而，我，一个被人类社会抛弃的不幸者，一个不能为自己或他人做任何有用有益之事的人，却能够在这种状态下领悟到了真谛，得到了命运的补偿，而且这是人们无法夺走的。

的确，这样的补偿不是所有人、在所有情况下都能体会到的。这需要心灵绝对平静，没有任何杂念和欲望打扰。进入这种状态不光需要感受者的情绪到位，还需要周围环境的协助。体会这种幸福需要一种和谐的意念，均匀而适度的情感，没有动摇和间断。没有意念，生活将是一片麻木。若意念过于激动或强烈，就会从这种状态中惊醒。意念会破坏想象力，让我们脱离自己的内心，通过感知外物，直面命运和他人的枷锁，这样，我们就要面对不幸了。绝对的安静导致悲伤，会让人联想到死亡。于是，令人愉快的想象就成了一种必要，在上帝选定的人面前，它会自然而然地出现。这样，意念就会在我们内心产生。毫无疑问，这种安宁的感觉会弱很多，但是却美好而甜蜜。轻松而愉快的想象不会触动心灵深处，只会触及表面，这足以使人忘却自己的苦难与罪恶，回忆起真正的自己。不管身处何处，只要沉下心，这种幻想都可以运用起来。我常常想，即使在巴士底狱，在一间我看不到任何东西的牢房里，我还是能够自由惬意地幻想。

但是应该承认在富饶而偏远的小岛上，这样的幻想可以更加惬意有效地进行。自然的环境，远离世事喧嚣，只有令人喜悦的景色，没有什么会勾起悲伤的往事。住在这儿的人不多，他们热诚而和蔼，没有因为利益而让我终日忙碌，我可以一整天放任自己，毫无阻碍，不需要关心事业，这是最为从容不迫的闲适。这样的机会对于梦想者当然是极好的，他们能够舒适地得到满足并调动所有刺激其感官的事物发挥积极作用，同时可以在不尽如人意的事物中靠美好的幻想生存。我从这漫长而甜美的幻想中走出来，看到身边的绿树、鲜花、百鸟，任双眼游走于远处诗意浪漫的湖岸，看着它围起一片晶莹剔透的湖水，然后，让自己一点点认清自己和周遭事物，我无法区分事实和想象的界限，冥想和想象融进了我的隐居生活。

　　那段时光已经一去不复返了呀！我多想在小岛上度过余生，永不离开，再也不用看到那些人，再也不用想起这么多年来他们折磨我的各种灾难记忆！我会很快将他们永远忘记，可能他们并不会忘记我，但是对我来说并不重要，重要的是他们不再回来打扰我的休息。我摆脱了所有喧嚣，摆脱了俗世的欲望，我的心灵常常超脱于这环境之上，与天上的智者交往，我希望不久后自己能够成为其中的一员。我知道，人们不愿意我在这样安宁的避难所留下来。但是他们无法阻止我每天插上想象的翅膀，花上几个小时想象着我在那里，体会着同样的快乐。让我现在的遐想更加美好的是，我可以随心所欲地去想象。我既然想象自己到了那里，我就当作自己真的在岛上。我甚至走得更远，我给平淡抽象的遐想里加入了美好的画面感，让它更加鲜活。在我当时心醉神迷的时候，眼睛往往忽视身边事物的存在，可是现在，我的遐想越深，这些东西的形象就越鲜活。我现在经常能感到自己仿若置身于它们中间，比当时我真的在岛上时还要真实美妙。不幸的是，我的想象力正在逐渐衰退，因此这些美好的情景越发不容易想象出来了，并且持续时间也越来越短了。唉！当想象力要离开这个躯壳时，反而备受后者的阻挠！

漫步之六

善良的行为

任何一个无意识的动作，如果我们真正寻找，都会在心中找到它的起因。昨天，我走过新的林荫大道，沿着比埃弗河的让迪耶一侧河岸去采集植物标本，在走到当弗尔豁口时，我向右转了个弯，穿过一片田野，走过枫丹白露街，登上了这小河边的一块高地。这次出行对我来说并不重要，但是回想起来，我已经多次无意识地做了同样的绕路，我找了一下自己内心的原因，最后明白之后忍不住笑了出来。

　　在当弗尔豁口所在大街的一个拐角处，终日站着一位卖水果、药茶和小面包的女士。这位女士有个非常和善但有些跛脚的儿子，他拄杖蹒跚而行，不失风度地向路人祈求施舍。

可以说我对这个善良的孩子有一定的了解，每次我经过时他都要过来向我说几句恭维话，我也给他一些施舍。刚开始的时候我很高兴见到他，会向他施好心，并多次乐意这样做，其间常常因听到他天真的絮语而兴奋。这一好意渐渐形成了习惯，然后不知为何转变成了一种责任，很快便让我感到为难，尤其是因为每次都不得不听他那套提前准备好的恭维词。他会叫我卢梭先生，来表示与我相熟。但这让我感到，恰恰相反，他这么称呼我，才表明他对我并不了解，与教他这么说的人对我的了解一样。从那之后我便不那么情愿从那里路过了，最后我就不自觉地每次经过那个路口都尽量绕开。

　　以上就是我在思索这件事时得到的启发，在这之前所有这些想法都没有明确地出现在我脑海里。这个发现让我接连想起很多别的事，我确定我的大多数行动的初衷和真实目的并非如我一直以为的那样清晰。我懂得，同时也感觉到，做好事能够使人的心灵体会到真正的幸福感。但是很长一段时间以来，我都一直无法接触到这种幸福。如果一个人置身于我这般悲惨的命运中，还能指望有选择有结果地做一件真正的善事吗？那些操纵我命运的人，让我看到一切都是虚假和错误的表象，我很清楚，每个让我做善事的机会只是他们展示出来为了吸引我陷入圈套的诱饵。我知道今后我能做的唯一好事就是不要轻易有所举动，以免在毫不知情的情况下无意间中了圈套。

但是我以前也经历过幸福的时光：当时我遵循自己的内心情感来行善，并使他人感到幸福，我可以向自己证明，每次品味到这种快乐，都能感到它比其他的快乐更加甜蜜动人。这种感受强烈、真实、纯粹，我最隐蔽的内心深处始终认可这一点。然而，我时常能感到我的善举给我带来了一系列的责任，使我不堪重负，于是乐趣便消失了。善举最初带给我的快乐，在这后续的重复施予中，变成了令人难以忍受的折磨。在我短暂的成功岁月中，很多人求助于我，在我力所能及的范围内，我从未拒绝过对他们的帮助。但是这些满怀感情的善行产成了一系列我不曾预见的后果，我必须一帮到底，再也不能摆脱桎梏。我给最初的一些人提供过帮助，其他人便也想要获得这些帮助，当一个不幸的人受到了我的恩惠，好嘛，这最初自由而自愿的恩惠就变成了尽不完的义务，即使我无力行善也不能摆脱。就这样，一些很美好的快乐转变成了沉重的负担。

　　当我默默无闻、不为公众所知之时，这一系列后续问题还并不显得那么沉重。而当我出了名（我出了几本书，毫无疑问，这是个错误），我的不幸也随之而来，从那以后我成了"公共事务处"，所有受苦的人或自称受苦的人，所有寻找冤大头的阴谋家，所有打着信誉的幌子假装有利于我，却想要以种种方式控制我的人，都找上门来了。这时我明白了，所有的性格倾向，包括行善本身，如果未加谨慎考虑和审慎斟酌就运用到日常生活或者社会交往上，都会改变本性。最初多么有益，后来就会变得多么有害。众多的残酷的经历一点点改变了我最初的心态，或者说将其限制在了应该的范围内，这些经历教会我不要盲目跟从自己的喜好做善事，因为这样只会助长他人的罪恶。

　　对于这些经历我毫无遗憾，因为通过思考，它们带给我新的关于自我认知的智慧，以及让我看清自己在抱有各种幻想的情况之下行事的真正动机。我发现愉快地行善的前提应该是可以自由地行动，没有束缚，如果要夺走一件善事的所有美好和乐趣，只需要让它成为一项责任。这样一来，义务的重量会让这最美好的快乐变成负担。

正如我在《爱弥儿》中所述，据我所知，如果我生活在土耳其，应该不是一个好丈夫，因为当公众舆论呼吁男人们履行与其身份相符的义务时，我想我是不可能成为一个好丈夫的。

就是这一点，很大程度上改变了我一直以来对自身品德的看法。当我们遵循自己天性，自我奉献，感受行善的乐趣时，这并不是出于美德。但是美德在于出于义务的需要，我们克服不愿行善的心理，来完成我们应该做的。在这点上，我比世人做得差很多。我天生敏感而善良，心怀怜悯甚至有些软弱。只要涉及慷慨的行为，我就十分兴奋。我人道、善良、好助人，出于爱好也出于热情，我都可以主动提供帮助。如果我是最有势力的人，那么我会是那个最慈悲最宽容的人，即使我有复仇的能力，我也会浇灭所有复仇的念想。

为了公正，我可以牺牲个人利益，但是如果是违背我所珍重的人的利益，我就没有办法做到了。一旦我的义务和我的内心出现矛盾，除非我要克制内心的想法，否则便无法履行义务。而我通常来讲还算强大，但是违背我的内心来行事，对我来说是不可能的。不论是谁，是什么样的义务，或者是怎样的必要性，当我的内心不发声，我的意愿也装聋作哑时，我很难违背自己的内心去履行职责。对于威胁我的痛苦，我会任其发展而对抵抗犹豫不决。当我看到恶事要降临时，我宁可听之任之，也不愿行动起来阻止它的到来。有的时候，我也会在开始的时候努力，但是很快我就会疲惫，不能再继续。对于所有能想到的事，我不情愿做的很快我就放弃了。

与我愿望不一致的强制要求也足以将我做好事的愿望毁灭，只要这个要求稍微强烈了，我就会厌恶它，憎恨它。就是这点，很难让我做出他人希望我做的善举，而当他人不要求我做时，我便会自己做好。一件完全无偿的善举当然是我乐于做的，但是当受惠方以此为名不断索要，否则就投以仇恨，在得到我最初出于好意的行善后，还希望我遵守义务永远成为他的施善者时，束缚由此产生，乐趣也消失不见。即使继续行善，我也是在软弱和糟糕的羞耻心面前退步了，因为这一切并非出于善心。在这种情况下，我不但不会赞许自己，相反我还会谴责自己违心地行善。

我知道，在施善者和受恩者之间存在一种契约，这是一种最神圣的契约。他们共同形成的社交关系，比一般意义上人与人之间的社交关系的范围更加狭小。如果受恩者自觉地感恩，施善者也会保证，只要对方没有做出有损于这件事的行为，就继续施与善行。只要对方需要，只要施善者有能力，他们的契约就会一直存在。这些都不是明文规定，但这是他们之间建立的关系所产生的自然结果。当求助者第一次请求时就遭到了拒绝，他完全没有权利抱怨对方。但是，如果施善者之前已经提供帮助而此次拒绝了求助者的请求，他便使求助者因他而产生的希望破灭了。求助者会比起初就遭到拒绝更加难过，认为这是不公平的、难以理解的。然而，这只不过是拒绝者心灵所珍视的独立性导致的结果，人们不想被束缚。欠债还钱，天经地义，是人们应该承担的义务；馈赠于人，则是为了让自己开心。从义务中得到快乐，源于美德，这是只从天性出发的人所得不到的。

在如此多的悲伤的经历之后，我学会了为我所做之事的后续结果提前做好准备，避免产生不愉快的后果，那就是要常常克制行善的冲动。我喜欢而且有能力做的，却不敢去做，就是怕陷入其中，给自己添麻烦。我以前是没有这种担心的，相反，在我年轻的时候，我专心于自己的善行，并常常感到，接受恩惠者对我心怀感激而不是出于利益依附于我。但是当我陷入不幸之后，就发现世事完全变了，从此之后，我感觉自己生活在新的一代人中间。他人对我的感觉发生了变化，我对他人的情感也经历了变化。这截然不同的两种人，其实是相同的一群人。他们曾经那么真实与坦诚，现在变成了这副模样。这折射出了时代变迁，人们随着时代发生了变化。啊！我如何能对这些善变的人保持同样的情感呢？当初我珍视的他们身上的品质，现在都变成了相反的模样。我丝毫不憎恶他们，因为我不会憎恶他人。但是我无法不打心眼儿里轻视他们，而且控制不住自己不表现出来。

可能在不知不觉中，我自己也背离了初心，发生了很多本不该有的改变。面对我这般的经历和处境，具有何种天性的人才能一如既往、始终不渝呢？二十年的经验告诉我，天性赋予我的心灵的良好禀赋，都被我的命运及其操控者改变了。对于人们的善举我只能将之视为暗藏玄机的陷阱。我知道，无论善举结果如何，我的好心都会有回报的。对，这一回报确实一直都有，但是内在的魅力却不见了。当这个激励我的因素消失了，便只剩漠不关心和冷漠了。我只觉得自己充当了受骗者，而不是做了什么真正有益的举动。我的自尊心对此感到愤慨，我的理性对此反抗，这激发了我厌恶和抗拒的心理，而如果是自然状态下，我一定会满腔热忱地去做。

逆境和不幸会提升和强化我们的内心，但是也会有些逆境让人产生挫败之感，丧失信心，而我就是后一种逆境的受害者。只要我的内心有一些不良酵母，我就会将之过度发酵，搞得自己头脑发昏，让我一无是处。既然我对自己和别人都无法行善了，那我就干脆不去做。而这一状态，因为被迫而免于罪责，我感受到了可以不被指责地完全遵从我的本性时的愉悦。我可能做得过头了，因为我避开有所作为的机会，即使是好事，似乎不太合适。但是我确信人们是不会让我原原本本看到事物的真相的，因此我会避免根据表象以及掩藏着某些动机的诱饵做出判断。一旦这些动机被我发现，我就确信他们是骗子。

我的命运好像在童年就给我设下了第一个圈套，使我一直以来很容易跌入其他圈套。我生来相信他人，而整整四十年中，我从未受到过背叛。可是现在，我突然遭遇与之前完全不同的人和事，中了几千次圈套却从未发觉，二十年的经历勉强能够让我了解自己的命运。当我一旦确信了人们装模作样的表演只是谎言和欺骗之后，我立刻转向了另一个极端。因为，一旦脱离了自己的本性，就失去了对自己的约束。从那之后我对这类人感到厌恶，而我们之间志趣的冲突让我更加远离他们，最起码比他们所期待的距离要远。

然而他们只是在白费功夫：虽然我厌恶他们，但是并不会发展成憎恨。想到他们想让我仰赖他们的鼻息，而实际上他们现在却依赖于我，我便发自内心地可怜他们。如果我是不幸的，他们何尝不是一样的不幸呢？每次我反观自己时，都会觉得他们很可悲。我的想法中还夹杂着骄傲，我感觉自己优于他们很多而不屑对其抱以仇恨。他们最多能激起我的鄙夷，但是未至仇恨。其实，我越爱自己，就越不会忌恨任何人。仇恨会压缩我的生命，而我希望将生命延展至整个宇宙。

比起忌恨，我更倾向于远离。他们的面孔会刺激我的情感，我的内心总有被一千只残忍的眼睛盯着的痛苦；但是这样的不适在他们消失时会立刻停止。我顾及他们，那只是因为他们就出现在我面前，而非存在于我的记忆中。一旦看不到他们，他们对我来说好像根本不存在。

我只能在我的私事上可以忽略他们的存在，而他们之间的相互关系，仍能吸引我，就好像他们是我在观看的一场悲剧中的演员。只要我的道德灵魂存在，正义对我来说绝不会无关紧要。不公正和邪恶的情景总能让我怒火中烧，没有夸口和炫耀的道德行为仍让我兴奋不已，甚至喜极而泣。但这需要我亲眼所见并且亲自判断。当一个人经历了我所经历的事情之后，如果不是失去了理智，他就不会接受大众的判断，也不会在信任他人的基础上相信任何事情。

如果我的外表和特征也如我的性格和本性一样不为外人所知，我还能够轻松地生活在他们中间。只要我对他们来说是个陌生人，跟他们交往甚至还会让我开心。如果他们不曾留意我，我因无拘束的本性倾向使然，或许还会喜爱他们。我会对之一致仁慈，绝对公正不偏，但不会与他们建立特殊的关系，也不会因他们为自己套上责任的枷锁，为他们去做那些他们想做但又出于自尊或受惯例限制难以做到的事。

如果我和刚来到这世上一样，自由，渺小，孤独，我可能只会做善事，因为我心里没有任何做坏事的萌芽。如果我像上帝一样来无影去无踪，无所不能，我可能会像他一样仁慈善良。力量和自由成就杰出的人，软弱和奴役只能造就小人。如果我拥有吉热斯的万能戒指 [1]，我便可以不再依赖别人，而让别人依赖于我。我常常在心里想，我会用这个戒指做什么？因为，正是在靠近权力的情况下，人才会有滥用权力的欲望。它会是满足我欲望的大师，万能而不被任何人欺骗，接下来会有什么意想不到的结果呢？不过是让所有的人都满足罢了。永远驱使着我的念头是为大家的幸福而努力，帮助他人的炙热欲望在我的心中熊熊燃烧。如果我能做到公平公正而毫无偏袒，善良而不软弱，或许我能避开盲目的怀疑和无法平息的怨恨。因为，当我看到人们的本来面目，洞穿他们的心灵，没有多少人值得我爱，也没有多少人值得我恨。看清他们的面目后，我从心底里可怜这些人。因为我知道，他们对自己造成的损害远比给别人带来的伤害要大。在心情愉快的时候，我会有些孩子气，想要创造一些奇迹。但

---

[1] 柏拉图《理想国》中记述了一个牧羊人（Gyges）发现一枚戒指，戴上可隐身之事。

是，我绝对公正无私，不为自己，而是依从我的天性，严格地秉持公正，做出仁慈和公平的判断。作为上帝的使臣和他律法的传播者，我可以创造比《圣徒传》上所记载的圣梅达尔墓的奇迹更加智慧和有益的伟大事业。

只有一点，就是如果我拥有能够穿越一切而不被看到的隐身术，我就可能在难以抵抗的诱惑下无法自制。一旦走上致人迷失的道路，只能受其主导，不是吗？如果自我奉承说我不会受到诱惑，或是说理智会阻止我走上致命的下坡路，那是我还不了解人的本性和我自己。在其他事情上我都对自己很有把握，在这件事上却失败了。那个能力超于常人的人首先应当超越常人的弱点，否则过多的能力反而会使他败于他人之下。若与常人相类，反倒不如从前的自己。

经过认真的思考，我认为还是在这枚戒指让我做出愚蠢之事前把它扔掉吧。如果人们非要把我看成另外一种人，如果我的存在会激发他们的不公心，那么最好的方法就是选择躲避，而不是隐藏在他们中间。其实应该躲避的不是我，而是他们，他们应该避开白天的日光，像鼹鼠一样钻入地下，隐藏起他们的诡计。千万别让我撞见他们。他们能不见我就不要见我，这样更好，但是这对于他们来说是不可能的。他们看到的我不过是他们心中自行创造的让-雅克·卢梭，是可以让他们宣泄仇恨的让-雅克·卢梭。我不应该对他们看待我的方式而感到痛苦。我其实没有必要在意，因为他们看到的并不是真实的我。

我从所有的这些思考中获得的结论就是：我从未真正属于这个社会，这里到处都是羁绊、责任和义务，我独立的本性使我总是无法拥有共存者需要的顺从和对压迫的服从。只要能够自由行事，我还是很好相处的，只会去做善事；只要我感到枷锁的存在，不论是来自客观事物还是他人，我就会变得叛逆和倔强，这时的我就不好相处了。需要违背自己的意志的事，我不会去做，无论如何都不会。但因为我的软弱，我也无法实现自己的意志。我克制自己的行动，因为我在行动上会变得软弱，我的力量会带来负面的效果，我的疏忽可能会使该做的事情成为罪恶。

我认为，人的自由不只在于可以做自己愿意做的事，还包括可以不去做他不愿意做的事，这就是我一直坚持的主张。为此，我还受到同辈人的非议。他们活跃、主动、富有野心，既不喜欢别人拥有自由，自己也完全不希望拥有自由。只要能按照自己的意志行事，更确切地说是控制别人的意志，他们就一生甘于做自己所不情愿的事。只要能发号施令，控制他人，宁愿让自己成为奴才。他们的错误不在于把我当作一个无用之人排除在社会之外，而在于把我当成一个有害分子并将我放逐。我承认，我做的好事不多，但是我这一生中也没有产生过做坏事的念头。试问，这个世界上，有谁比我做的坏事还要少？

漫步之七

植物的消遣

我漫长的遐想才刚刚开始，却已经感受到它在走向尾声了。另一件随之而来的趣事完全吸引了我，甚至让我没有时间再沉浸在遐想中。我疯狂地全身心投入其中，每当一想到这儿，我就不由自主地笑起来。我做这事不惜力气，因为在我身处的境地里，我毫无束缚，追寻本心，再也没有任何行为准则要去遵循。我对我的命运无能为力，我只有纯真的天性，人们所有的论断或评价对我来说都没有任何意义，我听之任之。智慧之举是，在力所能及的范围内，无论是在公众面前还是一个人独处时，唯遵循本心，做一切令自我愉悦的事情。我就是这样以干草为食粮，全部的时间和精力都放在研究植物上。在我年事已高的时候，我才在瑞士的伊维尔努瓦博士那里学得了一点皮毛。在四处游荡期间，我相当开心地采集了很多的植物标本，对植物王国有了一定的认识和了解。但如今，我已年过六旬，在巴黎又足不出户，已无力大量采集标本了。又因为忙于为他人抄写乐谱，也不需要做其他工作了。这个消遣对我来说不再是必须的了，所以我干脆放弃了它，并将采集的标本和相关的书籍都卖掉了。在巴黎附近散步的时候，我很高兴有时候能够看到曾经采集过的熟悉的植物。在这段时间，我所知道的那点皮毛几乎全部从记忆里消失了。它们消失的速度，比我当初把它们记进大脑的速度要快得多。

我转眼间就六十五岁了，原本就不好的记忆力逐渐减退了，也没有力气在荒郊乡下做调研了。虽然无人指导，没有参考书籍，没有种植物的园地和植物图鉴，但我又重新燃起了对植物的热情和兴趣，甚至比当初接触植物的时候更浓厚。我十分认真地投入到计划的实施中：用心记住穆莱的《植物界》，学习分辨地上所有的植物。因为没有足够的钱去买植物学的书，我不得不把别人借给我的书抄下来，并决心做一个更丰富的植物标本集。我要把大海中和阿尔卑斯山脉上的植物放入其中，把印度所有树木的标本都搜集齐全。我先从容易采集到的植物入手，如海绿、细叶芹、琉璃苣和千里光草。我像专家一样去鸟舍附近采集植物，每次发现一个新的种类，我就满意地对自己说：又发现一种植物啦！

我不为自己所做的这个追随本心的决定辩解，我觉得它是合情合理的。我坚信，在我的处境里，做自己喜欢的事情是一种大智慧，甚至是一种大美德，因为它遏制住了复仇的种子在我心中萌芽。像我这样苦命的人，要找到一些乐趣，必定不得存在暴躁的情绪，只应保有纯洁的天性。我以我自己独特的方式报复那些迫害我的人。我发现，最残酷的惩罚他们的方式，就是活得幸福。

是的，理性允许我，甚至规定我尊崇自己的爱好，任何东西都不能阻止我顺从本心。但是，我的理性并没有告诉我，为什么这个兴趣、这个本心吸引着我，这个无利可图的植物研究对我到底有何种吸引力，以至于使我这个年事已高、说话颠三倒四、衰老迟钝、行动不便、丧失记忆力的人重拾了年轻时做的事情，像一个小学生做作业一样。它的吸引力何在？这当中的奇妙，我想要自己琢磨个答案出来。在我看来，通过我晚年的余暇，理性之光照亮了我的自我认识之路，点亮了我的新时光。

我有的时候思考得很深刻，但是很少带着愉悦，常常违着自己的本心，总像是被迫的。遐想让我感到放松，让我愉悦，而思考让我疲惫，让我难过。思考对于我来说，总是一件苦差事，毫无魅力可言。有的时候，我的遐想以沉思终结，更多的情况是，我的沉思以遐想告终。在这些迷思当中，我的灵魂仿佛插上了想象的翅膀，在宇宙中翱翔。这种心醉神迷的感受，比所有其他的享受都更美好。

当我感受到这种纯真的乐趣，其他的乐事对我来说都变得索然无味了。但是当我由于一时冲动投身于文学道路的时候，我感受到疲惫和因声名所累的厌烦，同时我感觉了无生气。我甜蜜的梦开始淡化，不得不应付凄惨的处境。这种珍贵的心旷神怡的体验变得很少，五十多年来，这种体验替代了金钱和荣耀，不需要花一分钱，只需要一点时间，让我在闲情逸致里，成为世人中最幸福的那一个。

我在遐思里甚至担心我失控的想象力会因为我境遇的不

幸而改变了方向。我还担心持续不断的痛苦让我的心越来越紧张，压得我不堪其重。在这种状态下，一种逃离伤心的本能迫使我的想象力停止活动，使我的注意力转向周围的物体上，使我第一次仔细地欣赏自然风光，而以往都只是走马观花地看个大概。

树木和花草是大地的装饰和衣裳。光秃秃的田野上，一望无际的都是石头、烂泥和砂石，再也没有比这更凄凉的景象了。但是，大自然让大地穿上新装，重获生机。在河水的灌溉下，在鸟儿的歌声里，大地向人类呈现了一幅生机勃勃的三界 [1] 和谐相处、充满生趣和魅力的景象。对人的眼睛和心灵来说，这是世界上唯一永不会感到厌倦的画面。

欣赏者越敏感，这种和谐的场景越能使其触动，沉醉其中。温柔而深沉的遐思迷住了所有的感官，人沉浸其中，陶醉在辽阔的大自然里，与其融为一体。一切具体的事物都仿佛消失了，他只看到和感受到天大地大的整体。除非一些特别的情况限制了思维和想象力，他才会重新认真观察这个他

---

[1] 动物、植物和矿物。

所倾心拥抱的宇宙的细节。

当我的心因忧郁而痛苦，很自然地，我逐步沉沦，在身心的能量散失之前，试图保有尚存的那些余热和能量。我漫无目的地在树林和山间游荡，不敢思考，因为担心会加剧我的痛苦。我不去想那些令人难过的事物，把注意力集中于周围具有美感的东西上。我的目光在一个又一个物体上停留。在如此多样丰富的事物中，将目光长时间停留在某一个物体上，的确很难。

我喜欢这种视觉消遣活动。在我百无聊赖的时候，眼睛的转动和跳跃会分散我的注意力，让我放松，感到愉悦，把烦恼暂时放到一边。事物的特性，自然的美，大大增强了这种乐趣，使我着迷。浓郁的芬芳，鲜艳的色彩，优雅的形状，它们争相吸引我的注意力。只需拥有一颗喜乐之心，尽情地去享受和体会这种奇妙的感觉就可以了。而对美妙场景熟视无睹的人，他们中有的是因为缺乏天生的敏感，大部分人是因为心有旁骛，只想着如何去占有打动他们的事物。

还有一方面使得有识之士们忽视了植物王国的美妙：他们只从药用的角度去看植物。这要得益于一位叫狄奥夫拉斯特的人，这位哲学家亦是一位著名的植物学家。受其著名偏方编撰者和其著作的评价者的启发，医学界开始热衷于把植物制作成简单的草药，并赋予植物某种药性，于是忽略了植物本身的结构的研究价值。那些倾其毕生精力来搜集贝壳的人嘲笑植物学家，说如果只做植物权威性理论的研究而忽略其属性功能与药效，并放弃了对大自然的观察，那么植物学就没有任何作用。然而，大自然从未欺骗过任何人，它缄默不言，从未说过那样可笑的话。相反，那些所谓权威人士和专家在很多事情上硬要人们相信他们的话，而他们往往是在照搬另外的所谓权威人士的话，欺骗人们的正是他们。

当你在一个遍是鲜花的草地上逐个研究花朵时，看到你的人会把你当成一个采药人，很可能会向你讨要药草去医治孩子身上的痱子、大人身上的皮癣或骡马的鼻疽。由于林内著作的广泛传播，这些令人倒胃口的偏见在其他国家，尤其在英国，已大大消除。英国的林内把植物学从狭小的药学派中分离出来，使得"植物学"以独立的身份在自然史中占有了一席之地。植物的经济也得到了社会的重视。然而在法国，人们对植物的认识和了解并不怎么深入，依然停留在非常低的水平。有一次，一位巴黎上流社会人士经过伦敦的一个专门种植稀有花草和树木的园地时，竟十分惊讶地赞叹道："这是多么漂亮的药圃花园啊！"照这种逻辑，伊甸园就是第一个大药圃，而亚当就应该是世界上第一位药剂师了。

倘从医药学的角度来看待植物，研究也变得索然无味了。这种研究会让青草变得干枯，花儿不再鲜艳，树林和田野失去绿荫。那些对这一切自然的美好都视而不见，只会探究其药用功能的人，更不会在调制灌肠剂的花花草草中去找寻为牧羊女编织花冠用的花和草。

这整个医药学的风气丝毫不会影响我心中的田园形象，再也没有什么比汤药和膏药更想让人远离的东西了。每当我凝视田野、树林和在田野上劳作的人们时，我不禁发出感慨：它们真是大自然赋予人类和动物的粮仓！我从未想过要到那里去寻找药用的植物。在大自然的植物产品中，我就没发现有什么标明了其药材的用途。若真如此的话，大自然会直接提供给我们可供药用的植物，就像把粮食直接提供给我们一样。可以想象得到，当我在林间漫步的时候，想到某种植物与头疼脑热、腹内结石、关节痛风和癫痫之类的疾病相关时，我漫步的乐趣会戛然而止。我并不否认植物有人们所说的神奇功效，我只是想说，这丝毫无益于病人的病情，反而会延长病人的病痛。因为人类的疾病是自己造成的，没有任何一种疾病是二十种药草能根本治愈的。

人们的许多想法都与物质利益联系在一起，人们到处寻找草药是出于利益的考虑，以致对大自然的美漠不关心。人们健康时，对大自然更加不闻不问了。在这方面，我与其他人是截然相反的：一切与我的需要有关的事物，都会使我难过，扰乱我的思维。只有在我完全忽略身体需求的情况下，我才能感受到喜乐的真正魅力。即便我相信医学，即便药物确有疗效，一旦当我感觉心灵受到肉体的束缚，我就不可能舒展翅膀，无忧无虑翱翔在大自然中。如果让我在这种情况下去研究它们的话，我决不会从中感受到毫无牵挂的愉悦。不过，即使我对医学无甚信心，但我对所敬爱的医生曾经还是非常尊重和信任的，我曾把我这把老骨头交给医生处置。十五年的医治经验让我付出了巨大的代价，给了我很多教训。现在，我完全遵循自然的法则生活，我又重拾了当年的健康。医生没有在其他事情上使我感到不快，谁能怪我对他们满腔的怨气呢？他们的医术之虚妄，治疗之无用，我就是活生生的例证。

那些与我自己、与我的身体有利害关系的东西都不能完全占据我的心。只有全然忘我之时，我的遐想才最美妙。我感受到心醉神迷和一种无法表达的快乐，似乎与世间的生灵融为一体，成了大自然的一部分。只要我感觉人类还是我的兄弟，我就会希冀自己能感受人世间的快乐。这个愿望是涵括所有方面的：我一直以人们的幸福为幸福，只有当人们把他们的幸福建立在我的悲惨处境上时，我才会首先想到个人的幸福。因此，不去恨他们，最佳的方法就是逃离他们。躲到我们共同的母亲那里，在母亲的怀抱里免遭她的另外一些孩子对我的伤害。于是，我成了一个孤独的人，用他们的话说，我成了一个不善交际、不与任何人来往的厌世者。因为，即使忍受最深刻的孤独也比生活在一个满是恶人的社会里要好，那些恶人把背叛和仇恨当作自己的食粮。

我不得不克制我的思考，担心会不由自主地想起自己的不幸；我不得不压制我美好但日益枯竭的想象力，以免它被很多过多的悲伤情感吓得走向死亡；我不得不强迫自己忘掉曾经诋毁侮辱我的人，以免重燃自己的愤怒之心。但是，我做不到把全部注意力都集中在自己身上，因为我外向的灵魂总是想把自身的情感和自身的存在延续到其他生灵上去。我再也不能像以前一样，一头扎进大自然广阔的海洋里了，因为我的能力已经减退，我再也找不到可以坚决地、心无旁骛地、全身心地投入其中的事情了。在过去令我心醉沉迷的事情上，我已经没有力气像鱼儿一样无拘无束遨游其中了。我的思想只剩下一些感官的感觉了，我理解力的活动范围也只限于眼前的事物了。

　　我逃避世人，寻找孤独，想象力不再活跃，思考也越发减少，然而，我生性活泼，没有麻木不仁，萎靡不振。出于强烈的本能驱使，我开始把注意力放在周围的事物上，尤其是令人赏心悦目的东西上。矿物界本身没有什么可爱的和吸引人的地方，它把丰富的宝藏掩埋于地下，是为了远离人类的目光，以免引发人类贪婪的欲望。矿物作为巨大的财富埋藏在地下，是准备有朝一日在人心败坏到对他们容易到手的东西失去兴趣时，才让他们取用。而要得到这笔财富，需要精巧的工艺和艰辛的劳动，得吃不少苦头才行。他们得挖掘大地的深处，冒着生命和健康的危险去找寻想象中的宝藏。而大自然向他们提供的实际财富，他们早已学会享用，并不会真正去追求。他们远离太阳和白昼，把自己活生生地埋在地下，而不是痛快在阳光下生活。田园耕作的美好景象消失了，取而代之的是矿坑、矿井、熔炉、锻炉、铁砧、铁锤、弥漫的煤烟和熊熊燃烧的煤火。矿工们被矿井里有毒的气体折磨得有气无力，面如菜色。矿井里黝黑的铁匠，令人恐怖的施工景象取代了外面宽厚的大地、成荫的绿树、似锦的繁花和湛蓝的天空。那里没有坠入爱河的牧羊人，更没有身强体壮的农夫。

我承认，要装出一副博物学家的样子是很容易的：去捡一些沙子和石头，放进口袋里，再摆放到工作室里就可以了。喜欢搞这类收藏的人一般来说都是一些热衷于显摆自己的无知的富人。若想在矿物学的研究中有所收获，需要成为化学家和物理学家；需要在实验室做一些艰辛的耗资昂贵的实验；需要花费大量的金钱和时间；需要成天与煤炭、熔化锅、锻炉和蒸馏罐打交道，冒着损害生命和健康的危险，在令人窒息的煤烟和蒸气中度日。在这些令人忧伤和疲惫的研究里，反而滋生的是骄傲之心，而不是知识。那些偶然发现了某些小小的化合物便自我吹嘘，以为参透了大自然活动的奥秘的平庸化学家，不是很常见吗？

动物界是我们更容易理解的，且更值得我们仔细研究。然而对动物的研究，不是也存在着很多困难、障碍和艰辛，容易产生厌倦感吗？对一个离群索居的人来说，尤为如此，因为无论他的这项研究是出于兴趣还是作为工作，都没有人会辅助他。如何去观察、解剖、研究和识别天空中的飞鸟、水里的鱼儿和跑起来比风更轻快的走兽？走兽比人的力气更大，也不会自动送上门来供我研究，而我也没有力气去追赶捕捉它们，为我的研究工作所用。所以我只好研究蜗牛、虫子和苍蝇，或是用大量的时间气喘吁吁地抓蝴蝶，去捉可怜的小昆虫。当我捉住老鼠，我就解剖老鼠。当我运气好的时候，遇到动物的死尸，我就解剖尸体。研究动物离不开解剖。只有通过解剖，才能对它们进行分类，区别它们的纲目。如果从它们的习性和特征去研究，就需要设置鸟笼、鱼塘和动物饲养场，需要用某种方式强制它们待在我身边。可是我没有兴趣也没有办法像对待俘虏一样对待它们，又没有灵活的身手跟着他们自由随意地跑动。因此，只有当它们死后，我才能解剖它们的尸体，剖开它们的皮肤，剔出它们的骨头，掏出它们的五脏六腑。多么可怕的解剖情景啊！腐烂的尸体，满是血污的肉，触目惊心的血，令人倒胃口的内脏，恐怖的骷髅和熏天的恶臭！依我来说，我是断然不会从这些东西里面找到半点乐趣的！

似锦的繁花、碧绿的草地、绿树成荫的清凉、潺潺的小溪、清幽的树木和牧场，请快些来净化我被那些丑恶的事物玷污的想象力吧！我那几乎已经波澜不惊的心灵现在只会被容易感知的事物触动。如今，我只剩下感官的感受了，只有通过这些感觉我才能感知这世间的苦与乐。当我被周围愉悦的事物吸引时，我就静心观察它们、研究它们、比较它们，最终学会了为它们分类。就这样，我突然成了植物学家。不过不同于他人，我研究大自然，是为了不断找到新的热爱它的理由。

我不是想丰富自己的知识，因为现在已为时晚矣。再说，我从不认为如此多的科学知识能给生活带来幸福。因此，我找了一些有趣又容易的事情做，以此来遣散心中的苦闷。我既不花费一分一毫，也不费吹灰之力，闲散地观察一株又一株草，一棵又一棵树。我观察它们，比较它们不同的特性，找出它们的异同，研究这些鲜活的植物的内部结构和运行机理。我有时能成功找出它们的普遍规律，发现它们之间不同结构的原因。我不得不惊讶于天工造物的神奇，感谢大自然给我如此美妙的感受。

植物散布在地球上，浩若天上的星辰。它们以自身令人愉悦的特性和奇妙之处来吸引人们研究大自然。但是星星离我们太远，需要有基础知识、仪器、机械和长长的梯子才能靠近和到达。植物就不同了，它们就生长在我们脚边，可以说触手可及。虽然有的植物关键部分太小了，以至于有时肉眼会忽略它，但是借助仪器我们就能看清它们的每个细节，这要比操作观察宇宙星球的仪器容易多了。植物学最适合我这样懒散、无所事事、独处的人进行研究。所需的器材只有一把刀和一个放大镜。当你漫无目的地散步，可以从一株植物转到另一株植物，怀着浓厚的兴趣和好奇心反复观察每一种花。一旦你开始发现了植物结构的规律，心中便会生出强烈的愉悦感，这种喜悦一点都不亚于花费很多气力后所感受到的愉悦。

　　在这个拈花弄草的闲趣中，你能感受到一种在热情平息后的沉静中才有的乐趣，单单这种乐趣就足以让生活幸福而甜蜜。然而，如果这其中掺杂了利益或虚荣的动机，是为了谋求职位或者著书立作，进行研究是为了去教导他人，采集植物标本是为了成为作家或教授，这美妙的乐趣就不复存在了。这样一来，植物便成了满足人们欲望的工具，植物研究也就毫无真正的乐趣可言了。他们不去想如何增长知识，而只是为了向别人炫耀自己。这些人在树林中就如同在舞台上一样，只顾着去博得他人的赞许。有些人只在工作室做研究，顶多到花园里转转，而不是到大自然中去观察植物。他们只关注某种体系或者方法，结果总是与人争论不休，这既不会让他们能多发现一个新的植物品种，也不会为自然历史和植物界带来新的启迪提供任何帮助。这些植物学家同其他学者一样，彼此嫉妒，相互敌视，争名夺利，甚至有过之而无不及。他们把植物移植到市中心或者学院里去研究，就像猎奇者把国外移来的品种栽到自家花园里一样，他们把植物研究这项可爱的工作异化了。

由于我的性情与他人不同，这项研究工作对我来说是一种乐趣，填补了心灵因其他激情的消失而导致的空虚。为了尽可能远离与伤害我的人相关的回忆，免于再受到坏人的伤害，我宁可去攀登高山和悬崖，深入幽谷和森林。我感觉当自己躲在森林中的树荫里时，我就被世人忘记了，我变得自由而平静，好像从来就没有过敌人，仿佛这片树林可以抵挡他们对我的伤害，让他们从我的记忆中消失。我天真地认为只要自己不去想他们，他们也不会想到我。这种幻想让我感到美妙。如果我的处境、我柔弱的身体和生活条件允许，我愿意全身心沉浸在这种状态中。我越孤独，越需要有东西来填补这种空虚。我的想象和记忆刻意回避的内容被大自然呈现的种种天然的杰作取代，这种非人造的自然美令我赏心悦目。去一片沙漠里寻找新的植物物种，给我带来的乐趣比摆脱我的迫害者们来得更大。在人迹罕至的地方，我无拘无束地呼吸，犹如置身于一个远离仇恨纷争的避难所。

我永远都记得，有天我去陪审官克列克先生在罗贝拉山上的林场采集标本。那天我一个人行走在崎岖不平的山坡上，穿过一个又一个林子，越过一块又一块石头，最后来到一个隐蔽的僻静的去处，见到了我一生中最原生态的画面：在一片黑松林中生长着高高的山毛榉，其中一些因枯死而横竖在地上，交错层叠构成了一个难以跨越的路障。从这路障阴森可怕的空缺之处望去，只看见一些高高矗立的岩石和陡峭得令人不敢直视的悬崖。山中不时传来雕、猫头鹰和白鹭的号叫声，几只不多却常见的小鸟的鸣叫才缓和了这冷寂而恐怖的气氛。我发现了七叶石芹、小圆叶花、鸟窠花和几种翅果属植物及其他几种花草，这使得我心情愉快，兴味盎然。我不由得被这些发现强烈地震撼了，以至于我忘了眼前的这些植物和我的植物学了。我感到自由自在，坐在石松和苔藓上开始遐想起来，想象自己是在一个被全世界遗忘的避难所，在一个我的迫害者们找不到的地方。一丝骄傲感在这遐想中产生了，我把自己比作发现新的岛屿的大旅行家。我满足地对自己说：毫无疑问，我是人世间第一个穿过山川峡谷，来到这里的人。我几乎把自己当成另一个哥伦布了。正当我因这个美妙的想法而开心时，我听到离我不远处传来某种熟悉的咔咔声。我凝神一听，咔咔声连续不断，越来越多。带着惊讶和好奇，我站起来，穿过树林，往声音传来的方向定睛一看，发现在离我二十步之遥的峡谷里掩映着一家制袜厂。

　　我很难描述这一发现所带来的既激动又矛盾的心情。我最先感到很开心，因为我还处在人类社会中，而不是自认为的孤独一人。然而这种开心的感觉如闪电般转瞬即逝，紧接着我感到很痛苦。我绝望地意识到，即使在这种偏僻的山林中，甚至在阿尔卑斯山中，我也依然摆脱不了人类，逃离不了那些想迫害我的人的残酷的魔掌。我估计，在这家制袜厂里，说不定就有两个人参与了蒙莫兰牧师陷害我的阴谋，而这个牧师正在远远地操纵着这一切。不过我急忙让自己从这种悲观的想法中走了出来，并且顿觉好笑，这种天真而幼稚的自负心没少给我带来苦头。

　　不过，谁能料到这深山之中会藏着一家制袜厂呢？在这个世界上，恐怕只有瑞士，才有可能出现这种原始的大自然和人类工业很好地结合在一起的场景。整个瑞士可以说就是一座大的城市，那些比巴黎圣安托万街还宽还长的街道被森林和山脉分隔并包围着，街道边分散的住宅间隔着英式的花园。我又想起不久前与迪佩鲁、德舍尼、皮里上校、克列克陪审官一起到沙斯龙山采集标本的情形了。站在山顶上，一眼可以望到七个湖。有人告诉我们，这座山上只有一户居民。要是他不告诉我们这个人是开书店的，而且在这附近生意不错，我们肯定猜不到他的职业。我觉得，只要举这一个例子，就能帮助人们更好地了解瑞士，比所有旅行者们的描述都要生动立体得多。

还有一件类似的事情可以让我们了解瑞士这个与众不同的国家和人民。我在格勒诺布尔期间，常常与圣波维尔律师一起到城外采集标本。虽然他并不了解植物学，也不怎么感兴趣，但他自告奋勇当我的贴身保镖。有一次，我俩沿着伊塞尔河走到了一个有很多刺柳树的地方，树上的果子有些已经成熟。出于好奇心的驱使，我尝了尝果子的味道。它们带着可口的酸甜味，于是我索性放开吃起来。圣波维尔先生沉默地站在我旁边，也不品尝一下那酸酸甜甜的果子。突然间，他的一个朋友出现了，看到我在吃果子，朝我喊道："喂，先生！您在干什么？您不知道这果子是有毒的吗？"我惊讶地问道："这果子是有毒的？""是的，"他继续说道，"大家都知道，所以没有人吃它。"我盯着圣波维尔问道："您为什么不告诉我？"他很恭敬地回答我："我可不敢这么冒失让您扫兴。"对于他这种多菲内省人特有的谦逊，我禁不住笑了起来。于是我便不再继续摘野果了。我过去认为，并且现在依然认为，凡是大自然的美味产物，对身体都是没有伤害的，只要不吃得过多，就不会损害人的健康。不过，我得承认，我那天在剩下的时间里，确实有些额外地关注自己的身体状况，好在是虚惊一场。我照样吃照样睡，尽管前一天吃了十几二十个那种可怕的果子，第二天我依然神采奕奕地起床了。我听格勒诺布尔的人说，那种果子只要吃一点，就会一命呜呼。这件事情让我觉得很愉快，每当我想起时，都不禁对圣波维尔律师那奇怪的审慎态度感到好笑。

我每次采集植物标本的那些经历，那些给我留下深刻印象的当地的花草，那些植物促使我产生的想法，那些穿插其中的趣事，所有这些都在我看到标本时历历在目，它们已经鲜活地刻在了我的记忆中。我再也看不到那些美丽的风景、那些森林和湖泊、那些悬崖和山峦，以及所有那些曾经令我如此欣悦、深深打动我的东西了。人虽不能至，但我只要一打开标本集，便感觉仿佛又回到了这些美妙的地方。册子里头的植物标本足以让我回想起当初的景致。这个标本集记录了我的采集历程，它以新的魅力呈现当时采集的情景，就如同幻灯片一样，以丰富的色彩播放着，使往日重现。

这些就是植物学让我如此热爱的原因。它把我的想象力放飞到那些令人心醉的事物上，我享受那草原、河流、森林、原野，以及独处和宁静；我从植物学上获得的丰盈喜悦感被不断强化在记忆中。一直以来，我以温柔和真诚对待人们，人们却对我迫害、仇恨、蔑视、侮辱、以怨报德。然而，植物学让我忘记了这些。正是对植物的研究，使我又重新生活到那些朴实和善的人之中；使我重新找回了年轻的心灵和纯真的乐趣，并再次享受这种感觉；使我在世人从未有过的悲伤命运里，能够时常体会到幸福。

漫步之八

人生逆境

在我深入地思索在我生命的不同境遇中，我的灵魂相应的不同状况时，我很惊讶地发现，命运的种种变化与这些变化让我感受到的苦与乐之间通常并没有太大程度的关联。那些短暂的幸运事件和幸福时刻几乎没在我的内心深处留下什么持久美好的回忆，反而是我在经历生命中的那些不幸时，我会不断感受到一种柔和的、感人的、美妙的情感，这种情感在我难过的心灵的伤口上涂上治愈的药膏，把痛苦转变为精神上的一种满足。而对这种满足感的愉悦记忆又会在事后回到我的脑海中，并不会牵带着那些不幸的记忆。我感觉，当我的心灵因命运的捉弄而产生的悲伤情感并不会影响到一般人们所珍视的美好事物时，好像我感受到的生存的甜蜜比我真实经历的要多。尽管这些事物可能本身并不值得被如此珍视，然而却成了那些自以为幸福的人们追求的唯一目标。

当我周围的一切都井然有序，当我对自己身处的环境感到满意，我便用爱去充盈这个环境。我活跃的灵魂探索着令我感兴趣的目标，我不断地被各种各样的爱好和占据我心灵的各种美好的牵挂吸引着。在某种意义上，我忘乎所以，我完全成了一个陌生的自己，我的心灵在持续的激情中感受着世道的变迁。这种激荡的生活既无法让我内心得到平静，也无法使我身体得到休养。表面上我很幸福，然而实际上我却找不到任何能支撑我深入思考的感觉和意念。而唯有在深入的思考之中，我才能真正地取悦我自己。无论是他人还是我自己，都从未使我真正地满足过。世界的吵闹让我感到头昏，而孤独又让我感到无聊，我总是需要不断变换环境，然而却没有一处令我感到舒服。我曾经很受人们欢迎，人们亲切地对待我，热情地欢迎我。那时，我还没有一个敌人，没有一个对我怀抱敌意或妒忌之心的对手。因为人们对我心怀善意，我也乐于为他人效劳。我没有财富，没有职业，没有靠山，更没有什么大的才能可以充分施展或者为人所知,但我却享受着与这一切密不可分的快乐。我觉得当时的自己比任何人都幸运。究竟是什么让我缺乏幸福感我无从得知,但是我知道那时的我并不是真正的自己。

我还需要什么才能成为这世间最不幸的人?人们为此能做的一切都将是白费力气。是的,我虽然处在这种可悲的境地里,却不会做出任何改变,依然反抗着那些人中最幸运的家伙。并且,我宁愿在这样悲惨的境地中做我自己,也不愿意成为他们中的任何一个人而处在优越的境地中。虽然我的很多思索都是空洞的,想象力的枯竭和灵感的熄灭也不能再给我的心灵输送养分,但我一个人孤独地生活,在这方面我自给自足。我的灵魂受到我身体的拖累,变得日益衰弱,在沉重的打击下,挣脱束缚之躯壳的活力不复存在了。

我们正是通过这种自我的审视和反省来击败困境的。也许对于大多数人来说,这种自我反观难以忍受。而我则刚好相反,我自责于自身的错误,承认自己的软弱,并能获得自我安慰,因为,我的心灵从来不曾存在过蓄意的恶意。

但是,除非是傻子,否则怎么会看不出我这被迫置身的境地是多么的可怕，且充满着痛苦和绝望？而我这个最为感性的人，却不这样看。我观察着自己的处境，并不激动，也不反抗，亦不做任何改变的努力。我几乎是以一种漠不关心的态度来对待自己，而任何一个人在同样的处境下，都不可能承受得住且丝毫不感到恐惧。

我是怎么做到这点的呢？最初，我在发现了这些人酝酿已久的针对我的阴谋，而我对此却一直毫不知情时，我的心态还没有这么平和。当时，我无法接受这个事实，羞耻感和被背叛的感觉让我措手不及。我诚实的灵魂怎么会预料到会有这种痛苦？我于是跌入了他们给我挖的陷阱，我愤怒，抓狂，都要气疯了，我晕头转向，不知所措。在那可怕的黑暗中，我看不到指引我的光亮，没有可供依靠的支持，好让我与裹挟我的绝望感相抗争。那些人不断地将我往下拉，让我愈陷愈深，直至绝望。

在这种可怕的状态下，何谈幸福和平静呢？然而，我正视了这种糟糕的状况，并找到了内心的平和与安宁，生活得幸福而平静。那些迫害者对我徒劳的折磨让我嗤之以鼻，我心平气和地度日，侍弄花草，忙于整理我的标本，根本无暇顾及他们。

　　这种转变是如何发生的呢？它自然而然、不知不觉、毫不费力地就形成了。最初的打击是很可怕的。我一直以为自己是值得被人们赞誉和钟爱的人，突然发现，人们都把我当成妖魔鬼怪。我看到身边那些人都蜂拥追随这个对我的奇怪的偏见，没有怀疑，并无羞耻。我永远也无法得知这场变革的原因。我努力抗争了一段时间，却被捆缚得更紧。我欲让那些迫害我的人解释清楚，他们却毫不理睬。在经过了长期而徒劳的自我折磨之后，我需要喘口气了。然而我还是怀抱希望，我对自己说：如此愚蠢而盲目的行为，如此荒谬的成见是不会误导所有人的。总会有些理智的人不会参与到这种荒谬的疯狂行为之中，正义的灵魂定会厌恶一切虚伪狡诈和叛徒行为。让我们来一起寻找这样的人吧，只要我找到了这样的人，那些人就会陷入惊讶与狼狈之中。但是，我徒劳地寻找，最终一无所获。对付我的联盟阵线如此一致，没有缺口，无可挽回。我确信，我就要在这种可怕的被孤立的状态中度过余生了，而其中的奥秘和缘由，我是永远无从知晓了。

　　就是在这种可悲的境地中，在长期焦虑过后，我非但没有产生似乎是注定应该有的绝望情绪，反而重新找回了内心的安宁与平和，甚至是幸福感。我生活中的每一天都会让我回想起前一天的乐趣，我别无所求，只希望接下去的每一天也都如此。

是什么导致了我心态的这种转变呢？只有一个原因——我学会了承受必然的枷锁而不为此抱怨。我曾经一度执着于太多事，当所有我在意的事物都一件一件离我而去，我最终只剩下自己相伴，却也心静如水了。面对着各方推来挤去的压力，我却能保持住内心的平衡。因为我再也没有任何牵挂，无须在意任何人和事，最可靠的支撑就是我自己。

当我激动地站出来反对某个意见时，其实仍为其所困，尽管我对此并不自知。人们总是希望能够得到自己所重视的人的尊敬，因此只要我对他们还抱有好感，那么反过来我就会被他们对我的看法左右。我认为，通常来说公众的判断还是公平公正的，但我不认为这种公平是偶然的。因为他们制定的规则都是情绪化和偏见的产物，而人们正是在这样的规则的基础上给出自己的意见。即使他们判断正确，很多时候这些正确的判断也建立在一个错误的原则的基础上，就好像，当人们在装作赞许一个人的功绩的时候，并不是出于正义的真心，而是想借此做出一副公正的样子，好在其他的方面来尽情污蔑这个人。

　　然而，在经过了长时间的毫无结果的探索之后，我发现所有这些人，无一例外都处在一个只有地狱的魔鬼才能创造出来的极度不公并且荒诞无稽的体系中。我看到，只要是与我相关的，人们的理性便消失无踪，心中也不再秉持公正；我还看到，这整整一代人在我的迫害者的指引下，都疯狂地置身于一种盲目的愤怒中，共同针对我这个从没有想过要伤害任何人、也没有做过任何坏事的不幸之人。我在这个社会上徒劳地打着灯笼寻找哪怕一个正直的人，然而，现在到了我把手中灯笼熄灭的时候了，我对自己喊道："没有这样的人了。"于是我开始认清，自己在这个世界上是孤身一人，我明白了我的同代人只不过是一些要依靠推动力才能行动的机器人，我不能用衡量正常人的行为标准来衡量他们。无论我怎么去猜测他们的意图和情绪，也理解不了他们对待我的行为方式。因此，他们内心是怎么想的对我来说已经无关紧要了。他们现在在我眼中是脱离人类、没有任何道德观可言的家伙。

当我们遇到恶事时，我们更多在意的是这些恶事背后的动机而不是其造成的后果。屋顶上掉下来的一片瓦可能比一块恶意扔过来的石头让我们伤得更重，但是前者却没有害人的动机。有目的的伤害有时候可能会落空，但是蓄意的动机却是确确实实的。在命运遭受的打击中，肉体的痛苦往往是最轻的。当那些不幸的人不知道他们的不幸应该归罪于谁时，他们会怪罪于命运，把命运想象成一个坏人，好像命运在用眼睛和才智故意折磨他们。一个输光了钱的赌徒会莫名恼怒，不知道应该怎样对谁发泄。他臆想这是一个叫命运的家伙在故意捉弄他，于是他找到了他的愤怒的宣泄点，他便更加起劲儿、激动万分地去对付这个想象中的敌人。一个智慧的人，只会将自身经历的一切不幸看成是由盲目行事的必然性导致的结果，因而并不会产生不合情理的冲动行为。他因痛苦而呻吟，但并不会冲动和愤怒，他受到的打击只有肉体的伤害，并不会作用到心灵上。

我们分析到这里就已经很深入了，但是这还不是问题的全部。如果就此止步，就好像我们拦腰斩断了恶行却保留了其根部的完好无损。这个根与和我们无关的人毫不相干，而是在我们自己的身上。因此，我们要想办法将其完全拔除掉。这就是我在开始反观自己时的感受。我尝试用理性去解释我所遭遇到的这一切，却发现这一切都是荒唐的，我明白了，既然我对这一切针对我的动机、手段和方法都无从解释，那么我也没有必要把它们当真。我应该把我命运中遭受到的这些小枝节看作是一个纯粹必然的结果，我不应该去猜测其成因和动机或是发展趋势。我应该不假思考地、不去反抗地完全屈从于它，因为一切的反抗都是毫无意义的。我在这个世界上要做的事情，就是把自己当作一个纯粹被动的存在，我不应该徒劳地与命运抗争。以上就是我对自己所说的话。我的理性和我的心灵都明确了这一点。但是，我的心灵有时还会小声嘀咕。为什么呢？我找寻原因，最终发现了：这声音来自我的自尊心，它之前因那些人对我的所作所为而愤慨，现在对我的理性得出这样的结论也愤愤不平。

这个发现过程并不像想象得那样容易，因为一个清白无辜的受害者一直会把他个人的自尊误当作是对正义的无瑕的爱。这一真正的源泉一经被我们发现，便很容易枯竭或是改道。自尊心是指挥那些有自豪感的灵魂行为活动的最大的动机，而擅长制造各种幻象的自负心，却经常伪装并被当成是自尊心。不过，当这一伪装被揭穿，自负心无处可藏时，它就没有什么让人担心的了，虽然完全消灭它很困难，但至少还可以控制。

我不是一个容易自负的人，然而这种矫揉造作的情感曾经在我与他人交往时，尤其是我成为作家后越发明显。我可能比别人还好一些，但是也足够严重了。我因此得到了深刻的教训，将我的自负心在刚开始要扩张的时候就扼制住了。它始于对不公平的反抗，结束于对其的蔑视。我切断了导致自负心膨胀的外界干扰，并且自问灵魂，不再进行各种比较，不再有所偏见，满足于做我自己。于是，自负心又重新变成了自尊心，它又重新回归到了天性的正常秩序中，使我摆脱了偏见的枷锁。

从那以后，我找回了灵魂的安宁，甚至到了至福的境界。我们在某些情况下，只是因为自负心的作怪才会一直觉得自己不幸。当自负心不再作怪而理性开始掌握话语权，后者会对于所有我们无法避免的恶事给予我们安慰。理性甚至会在这些恶事还没有立即在我们身上产生后果时，就将其粉碎，因为，只要我们对其不闻不问，我们就确定可以避免它们最恶毒的伤害。对于一个对之不屑一顾的人来说，它们就什么都不是。一个人的自尊如果不是建立在别人对他的尊重的基础上，那么当他受到伤害时只着眼于伤害本身，而不去考虑这伤害背后的动机，那么所有的冒犯、报复、亏负、侮辱和不公对他来说都不存在。不管人们对我的看法如何，他们都无法改变我。

虽然他们拥有权力，善于运用各种阴谋，但我仍然可以不用顾忌他们而继续做我自己。确实，他们对我采取的行动影响了我现在的生活。他们在人们和我之间制造的樊篱使得我的晚年生活缺乏必要的生存物资和协助。在这种状况下，金钱对我来说已经失去意义了，因为我已经不能花钱买到我所需要的服务了。在我和这些人之间，既没有交易，也没有相互的支持，更没有什么往来。孤身一人处在他们中间，我的资源只有自己。而在我的年纪，这种处境中，这种资源越发微薄。他们带来的这种伤害是巨大的，但是自从我能够承受住并且不再为此愤慨，他们便失去了能施加给我的一切影响力。其实，人真正感到有所需求的时候并不是很多，我们只是忧心长远，想象又过于丰富，才感到需求繁多。正因如此，我们总是感到焦虑与不幸。对于我来讲，我不去想明天我是否会受苦，只要今天我平静地度过就行了。我不会为预期可能遭受到的伤害而难过，只有切实感受到的痛苦会影响我的心情。这样来说，痛苦于我也不算什么了。

也许我会孤身一人、病痛缠身、卧床不起，可能会死于贫穷、寒冷或是饥饿，任何人都不会对此关心。但是如果我和别人一样，并不为自己的命运感到难过和痛苦，那又怎样呢？在我这个年纪，难道不正是应该学习不要过于在意生与死、健康与疾病、富有与贫困、荣誉与诋毁吗？一般上了年纪的老人什么都担心，而我却什么都不担心，不管发生什么我都安然处之。这种平常心的练就并不是我的智慧的杰作，而是而是拜我的敌人所赐。让我们学着接受这些好处吧，算是他们对我的伤害的一种补偿。他们造就了我对困境的漠然视之，这给我带来了更多的益处，让我可以免受他们的伤害。如果我不经历困境，我也许会害怕面对打击，而我一旦征服了困境，我就不再有任何担忧了。

这种顺势而为的心态让我安然地处于困境中，就好像身处十足的顺境一样。在一些短暂的时刻，我会触景生情，此外的其他时候，我沉浸在天性追寻的美好情感中。我的心灵依然依靠它为之所生的美好情感获得给养，我的想象世界中的一些人给予我这种情感，并同我一起分享。对于我这个创造者来说，这些想象中的人是存在的，他们既不会背叛我，也不会抛弃我。我的不幸持续多久，他们就可以一直存在多久，他们的陪伴足以使我忘掉不幸。

这一切都使我又重新回到了幸福和甜蜜的生活中，我本是为此而生的。我已经度过了生命中四分之三的时间，我幸福地把思维和理性沉浸在一些富有教益的美好的事物中，还按照心灵所需创造出一些想象中的纯真孩童。与他们的交往，哺育着我的真挚情感。我还在独处时与自己交流，我对这个自己非常满意，为此感到十分幸福。在这些方面，自尊自爱之心就已经足够，而自负之心则没有任何意义。

但我在世人中间经历的逆境却不是这样的。他们把我当作愚弄的玩具，对我虚情假意地友好，进行夸张无聊的奉承，耍弄奸猾的把戏。不管我如何加以注意，自负心还是会参与其中。虽然有伪善的包装，但我在他们心中看到的仇恨和敌意，还是会刺伤我的心，给我带来痛苦。我一想到自己被这样愚蠢地欺骗，除了痛苦还感觉到一种幼稚的气恼，这种气恼来自愚蠢的自负心——我知道这样很傻，却没办法克服它。我为了锻炼自己习惯这些侮辱和嘲讽的目光，付出了巨大的努力。我无数次地去公共场所人最多的地方散步，唯一的目的就是让自己经受住这残酷的考验。可是，我不但没有成功，连一点进步都没有。所有这些徒劳的努力的结果就是，我还是和从前一样容易感到困扰、难过、愤怒，受到痛苦的伤害。

　　我是一个感性的人，被感觉支配着，不管我做什么，都摆脱不了其对我的影响。只要事物作用于我的感官，我的心灵自然会受到感动，不过这种影响只是暂时的，并不会像引发它们的感觉那样持久。一个充满恨意、令我厌恶的人会让我感到强烈的不安，但是只要他从我面前消失了，这种感觉也就没有了。我看不到他，就不会再去想这件事了。我没有必要知道他是不是会再对付我，反正我是不会再理会他了。当前未能令我感知到的痛苦不会对我产生任何的影响。那些迫害者，我看不到就相当于不存在。我知道，我的这种心态会对那些迫害我的、想控制我命运的人更加有利。那就让他们随心所欲地去做吧。我宁愿承受着他们的折磨，不加任何反抗，也不愿意时刻惦记着如何保护自己才能不受到他们的打击。

这种感官对我的心灵的影响是我生活中唯一的折磨所在。那些我不见任何人的日子里，我便不会去想我的命运。我既感觉不到命运的存在，也不会为此而痛苦，没有干扰和阻碍，我的生活幸福而满足。但是我很难逃脱一些感性的刺激，即使我尽量不去想它，有时候我看到的一个悲伤的眼神或表情，听到的一句恶毒的话，遇到的一个不怀好意的人，也会让我感到悲伤。在这种情况下，我能做的就只有尽快忘记并且逃走。这样，我心灵的烦扰便随着它的搅扰者一起消失了。当我一个人的时候，内心便又恢复了宁静。如果还有事情让我感到焦虑，那就是担心在散步的路上遇到新的引起我痛苦的人。这是我仅有的忧虑，但是却足以损坏我的幸福。我居住在巴黎市中心，一出家门，我就希望能够享受独步田野的乐趣。但是，在可以尽情自由享受大自然之前，仍有一段很远的路要走，而在这条路上我会遇到很多让我心情郁闷的人或物。就这样在我到达我的目的地之前，有很长的时间都在焦虑中度过。好在至少人们还是让我走完了整个路途。逃脱这些恶人的时刻是美妙而刺激的。当我终于站在树底下，身边是绿茵茵的草地，我感到自己正置身于人间天堂，内心有种强烈的美好的感觉。我好像是这世间最幸福的人。

我清楚地记得，在我以前短暂的顺利的时期，这些今天让我感到如此惬意的散步，那时却是无聊乏味的。我当时住在乡下的一户人家，为了锻炼身体和呼吸新鲜空气，我会独自出门，像个小偷似的溜出去跑到田间散步。但是，与今天这样感受到幸福的宁静相异，那时我脑子里还缠绕着在沙龙里谈论的空洞的观点；我在享受这独处时刻的时候，还惦记着被我抛下的沙龙的女伴，我那虚荣的自负心和这种俗世的喧嚣使得我眼前的这片田野失去了新鲜的光泽，也搅扰了我隐居的平静。我逃进了树林深处也毫无用处，总是有一群令人腻烦的人到处跟着我，让我无法真正亲近自然。我只有后来在完全摒弃了社交的欲望，切断了与这些人难忍的纠缠后，才重新找回了大自然的乐趣。

我认识到，要控制我不由自主的天性的冲动是不可能的，于是我停止了这方面的所有努力。受到攻击时，我的血液沸腾，愤怒控制了我的理智。我任凭脾气自然爆发，既不能阻止也无法延缓，只能尽量不让其继续发展，以免造成严重的后果。发脾气时，眼睛闪着光，脸涨得通红，四肢发抖，喘息急促，这些都是生理上的反应，理性对此无能为力。但是，在本性得到释放之后，我们慢慢地又找回了理性，又成了自己的主人。我曾经花了很长时间，想让自己做到这点，但成效不大，好在现在结果还比较满意。我现在不再白白花力气反抗我的情绪了，而是等理性前来战胜它，不过，我的理性只有在情绪肯听它讲话时才会姗姗来迟。啊！我还能说什么呢？我的理性？我把战胜情绪的功劳归功于它可能是错误的，因为它根本没起作用。这一切都来自我那不稳定的情绪，它就好像一阵狂风，待风吹过后一切又自然恢复了平静。所以，是我那急躁的天性让我激动，又是我那无忧无虑的天性让我缓和下来。一切当下的冲动都会让我的情绪失控，任何打击都会让我有激烈但短暂的冲动；然而当打击消失了，我的冲动也便停止了，我身上不会有任何之前感受的残留。因此，不管是命运的沉浮，还是人们的诡计，都不会对这样的一个人产生太大影响。如果想对我造成持续的伤害，那么这种打击便需要每时每刻不断出现。只要有短暂的间歇，我就会又找回我自己。人们如果能够对我的感性有所影响，我就会成为他们希望看到的那样；但是只要他们一放松下来，我就又重新回到了我本来的样子。而这种状态，不管人们做些什么，不管命运如何，都是我最持久的状态。在这种状态中，我感到幸福——我就是为了这种幸福而存在的。我曾在另外一篇漫步遐想中描述过这种状态。这是最适合我的状态，我唯一的希望就是它能持续下去，唯一的担心就是怕它被搅扰。人们对我所做的坏事并不能真正伤害我，唯一需要担心的就是他们会使我情绪失控。但是能够确定的是，他们再也想不出什么新的手段能给我带来持续的伤害了，我嘲笑他们所有的阴谋诡计，听之任之，怡然自乐。

漫步之九

善良与幸福

幸福是一种永恒的状态，似乎不是为世人而创造的。任何事物都不会有一个恒定的状态，所有地球上的事物都处在持续的运动中。我们身边的一切都在改变，我们自己也在改变，没有人能担保将来仍会喜欢现在所喜欢的事物。因此，所有我们对于生活所设定的幸福计划其实都是不现实的。当幸福来临的时候，就享受精神的愉悦，而不要想着把它锁在身边，那是愚蠢的行为。我很少看到快乐的人，也许没有，但是我常常看到一些愉快而满足的心灵。在所有经历的事中，这也是最让我感到满足、最触动我的了。我觉得这是内在感知能力自然而然得到的结果。幸福并不全通过外在表现，为了理解它，必须要去品读幸福之人的内心，可以从其态度、口吻、步伐等观察出来，而且幸福能够感染传递给他人。在所有的人都沉浸在节日欢乐的海洋中，内心怎么能不感到快乐与美好呢？这些快乐非常强烈，不过转眼即消逝在生活的迷雾中。

三天前，P先生来找我，热切地要将达朗贝尔先生写给杰弗兰女士的悼词给我看。悼词中满是滑稽的词语和古怪的文字游戏，他还没读就大笑起来。他边读边笑，我严肃地听着想让他镇静下来，他看见我始终没有笑，于是也不再笑。悼词中写得最多最详细的部分是，杰弗兰夫人最喜欢亲近小孩，和小孩聊天。作者合理地说明这种性格是她善良天性的一个很好的证明。但他不满足于此，他还以一种强硬的态度，不怀好意地控诉起那些不喜欢小孩的人，甚至于说，如果去问问那些被送往绞刑架的人，他们肯定异口同声地说讨厌孩子。这样的定论在这里显得十分诡异。假设一切都是真实的，难道我们应该在一位值得尊敬的女士的悼词里用罪犯和坏人的字眼来玷污这篇文章吗？P先生一念完，我就清楚地领会了写这篇悼词的人卑鄙虚伪的用心，我指出其中写得不错的地方，并说道，作者在写这篇文章时，心中的友爱可比怨恨要少。

第二日，天气晴朗，有点小凉。我出门散步，一直走到了军官学校，我打算去那儿找找繁茂的苔藓。我边走，边回想昨日P先生的来访，以及达朗贝尔先生写的那篇悼词。我坚信那样莫名其妙的片段一定不是无意而为之的，平日里，他们对我话不多说，可见，昨日带给我这篇悼词肯定是别有居心。我把孩子送到了育婴堂，这就已经足够让他们说三道四的了，在他们眼中，我是一个天性顽劣的父亲。自此，他们还可以不断引申和揣测，一点点地揪出我是一个厌烦小孩的人的结论。我延伸思考下去，真的不得不为这世间能有这样颠倒黑白的人而折服。我不相信能有人比我更爱看孩子们肆意地嬉戏、玩耍。有时候，我走在街上或是在散步时，都会驻足看看孩子们的嬉闹还有他们玩的小游戏，我想，这样的乐趣是只可意会不可言传的。就在P先生到访的那一天，他来之前的一个小时，我刚刚接待了房东苏瓦士的两个最小的孩子，其中大的大概有七岁。他们十分热情地拥抱我，我也同样热情地去拥抱他们。虽然我们年纪相差很大，但是他们与我玩得特别好。我也特别高兴地看到他们没有因为我的老脸而嫌弃我。那个小一点的孩子甚至还想再来玩，这让我十分高兴，我觉得自己返老还童并且更加喜欢他们了。看着他们离去，我真的特别失落，好像离开的是我自己的孩子一样。

　　我明白，只稍加扭曲，我将孩子送进育婴堂的非议就会转变为对我的指责，我将被塑造成一位天性顽劣且厌烦孩子的父亲。然而，在我看来，使我做出这样的决定，是为了让我的孩子避免糟糕的厄运。在我当时的处境下，如果我对他们的未来漠不关心，不亲自抚养他们的话，我就得将他们送去他们母亲那里，抑或是送去给岳母家照料，那样他们会被惯坏，他们会被培养成小魔鬼。想到这些，我就会紧张发抖。伏尔泰笔下的穆罕默德把赛义德变成了个恶魔[1]，与之相比，我的孩子将被变成什么样子，就不得而知了。接下来他们给我设好的一连串圈套就足以说明这肯定是早有预谋的。事实上，我并没有预料到他们会有这样恶毒的阴谋，但是我知道，

---

[1]　在伏尔泰的剧作《先知穆罕默德》中有这样的情节：穆罕默德的奴仆赛义德是穆罕默德的仇人之子，他被穆罕默德教唆将自己的亲生父亲杀死了。

对于孩子们来说，育婴堂的教育应该是最可靠的，我也就送他们去了。如果再给我一次机会的话，我还会做出同样的决定，毫无疑问。我确定，只要我后天养成的习惯能够弥补我先天的不足，这世上没有比我更好的父亲了。

如果说我对人类的心灵有了更多的了解，这是由于我观察孩子们时获得的乐趣让我有了这方面认知的进步。然而，在我年轻时，这样的体验反而成了障碍，因为我和孩子们玩得太开心、太投入了，以至于我都忘了去研究他们的行为。当我慢慢变老，我发现我逐渐衰老的脸庞会让孩子们感到不安，于是我控制自己，不去打扰他们；我宁愿牺牲自己的乐趣，也要让他们快乐地玩耍。我只是在一旁看他们游戏、过家家就感到很满足了。后来，我发现自己在对孩子的观察中，看到了人类天性最初和最真实的流露，恰好这些是任何有识之士都无从知晓的，由此，我所做的牺牲得到了弥补。我在我的文章里对这方面的研究做了详细的记录，在此过程中我获得了很多乐趣。要是说《新爱洛伊丝》和《爱弥儿》是一个不喜欢孩子的人所写的，这真是世界上最难以置信的事情。

我既没有敏锐的思维，也不善言辞，而且自从我处于这种不幸的境地之后，我的头脑和舌头也越来越迟钝，总是不能恰如其分地想出好的点子，说出对的话。在孩子面前说话，更需要斟酌表达是否得当。我曾专门为小孩子写过一些作品，孩子们都专注地听我讲话，他们对我的话分外地信任和重视，好似听取神谕那般。这倒让我陷入极大的尴尬和无奈的难堪中，不知所措。我感到，自己在小孩子面前与他们一道叽叽喳喳，还不如在一位亚洲的君主面前更加自在得体。

还有另外一个不便之处，使我在经历不幸之后，虽然依旧很高兴看到他们，但却同他们失去了原有的亲近。孩子们都不喜欢年迈的人，衰败的样貌在他们眼中是丑陋的。为了避免孩子们的不适和厌烦，我宁愿远离他们。我这样的心理可能只能在那些颇具爱心的人身上才有，在那些男女学者以及杰弗兰女士身上是难以寻到的。她不管孩子们和她在一起是否开心，只要自己开心就好。但是，对我而言，这样单方面的乐趣是无意义的，此时此景，已不允许我与孩子们交心了。一旦我还能够做到，那将比以往更令我激动。那天，当我轻抚苏士瓦家的两个孩子时，我再次体验到了那样的情感。那个把小孩子领来的保姆没有一副要别人敬畏她的模样，我也不必在她面前特别注意自己的讲话，最重要的是，孩子们跟我说话时的神情一直很欢快，看起来并没有不快或是厌烦。

啊！要是我还能够有这样的时刻，能够得到来自孩子们内心纯真的爱的话，哪怕只是穿着开裆裤的小家伙也好啊。与我在一起时他们快乐和满足的目光，这种短暂而美好的情感交流，补偿了我多少罪恶和痛苦啊！那样的话，我将无须不得已从动物眼中寻求友善的目光了。我可以以数量不多，但在我记忆中永远珍贵的几个例子，加以佐证。有个例子在我心中留下了深刻的印象，也反映出了我的不幸。在两年前，我出门去新法兰西咖啡店旁边散步，走着走着，便走远了，接着，我左拐，穿过了科利尼扬古村，想着去蒙马特高地周围转转。我漫无目地走着，沉思着，没有注意周围的事物，突然，感到有人抱住了我的双腿。我一看，是一个五六岁的孩子，他使劲儿地抱着我的膝盖，用亲切、温柔的目光仰头看着我，我的内心起了一阵波澜。我心想：这抱着我的孩子多么可爱啊。我把他抱起来，使劲儿亲了好几下，然后，把他放下，继续前行。我边走边觉得自己忘记了什么事，一种强烈的情感使我止步不前。我开始责备自己太着急离开那个男孩了，他刚才突如其来的动作中必定隐含着某种原因，我不该忽视它而就这样离开。最终，我转身往回走，跑向那个孩子，又将他抱在怀里，并给了他钱去买碰巧路过这儿的商贩卖的夹肉面包。我还和他聊起天来。我问他的父亲是谁，他指了指一个箍木桶圈的男人。正当我欲离开男孩去找他爸爸聊天时，那个箍桶的男人用一种十分不友好的目光紧盯着我，脸色难看。我感到心头一紧，赶忙离开，脚步比刚才返回找小男孩时还要迅速，心里感到十分慌乱，不知所措。

从那以后，我多次试想他们会再次出现在我面前，我也多次经过科利尼扬古村，希望能遇到那个小男孩，但是一次都未再见到他和他爸爸。于是，那次的偶遇就成了我记忆中最为活跃的一部分，就像我其他的感情一样，时常在我内心深处涌动，带给我感动和忧伤。

祸兮福倚。尽管我的快乐是稀少而短暂的，但是当它们来临时，正是因为这种不可得，我更觉畅快无比；我会在回忆里细细反复品味其中的乐趣。不管这种乐趣是多么难得，只要它是纯净而无杂质的，我便会感到无上的幸福，甚于我对于富足生活的渴望。在人们极为贫困之时，即使是一分一毫也足以使其感到幸福。一个行乞者得到一个铜板的感动，可比一个富翁得到一袋黄金来得更强烈。当时，在那些跟踪我的人的监视下，我还会对当时那样小小的快乐印象深刻，这想必是会被他人嘲笑的。就在四五年前，我再一次体验到了这般快乐，每当我想起，我总是会倍感幸福，而更觉受益匪浅。

一个星期日，我和妻子一同出门，来到马约门这边吃午饭。午饭之后，我们穿过布洛涅森林，一直走到木艾特。我们在那儿找了一处林荫坐下，准备等到太阳下山后，慢慢地沿着帕西街走回家。这时，一个修女模样的人带领着二十来个小女孩来到这边，一些坐了下来，另外一些在我们一旁玩耍。就在他们玩乐的时候，一个卖蛋卷的小贩，手拿拨浪鼓和抽签的转盘走了过来。我发现，小女孩们都很想吃蛋卷，其中的几个孩子看起来身上带着几个里亚，正在向带头的修女征求是否可以去玩一次。领头的修女还在犹豫想和小女孩们讲道理的时候，我把那个小贩叫了过来，并对他说，让所有的女孩各玩一次，我来付账。这话很快便传开来，孩子们一片欢腾。我想，这样的快乐就算我花光了钱也是划算的。

我发现她们玩得太疯，有点混乱，于是我得到带头人的同意，让她们在一旁排成一队，一个一个玩过后去另一边排队。虽然没有人转到大奖，但起码每个人都得到了蛋卷，也没有人扫兴。为了让大家玩得更尽兴，我偷偷跟小贩商量，让他把平时转盘的机关反转一下，使大家能拿到尽可能多的蛋卷，并承诺会补偿他。借助这种方法，尽管每个人都只玩了一次，但最后大家拿到了将近一百个蛋卷。也正因为我的严格规定，没有发生因谁多玩或谁被偏袒而带来的不满。我的妻子还暗示那些玩得好的孩子告诉其他人玩的秘诀，这样，大家得到的都很平均，玩得也更为开心了。

我邀请修女也玩一次，生怕她会不屑地拒绝我，然而她却爽快地答应了，并且她也像其他孩子一样拿走了奖品。我非常感谢她，我在她身上发现了我极为欣赏的一种礼貌的品质，我觉得这比矫揉造作要好上百倍。

在游戏的整个过程中，发生了些许小争执，孩子们便来寻求我的帮助，她们一个个地来到我面前，反倒使我能够好好观察她们。虽然她们长得并不漂亮，但是其中几个女孩的善良友好使我忘记了这点。

之后，我们便十分愉快地道别了，这个下午给我带来的快乐，深深地烙印在了我的记忆中。这次游戏倒也不很费钱，以最多三十苏的开销却换来了一百居伊也换不来的快乐。事实上，快乐是不能用金钱来衡量的，而且，小钱能够带来的东西一点不比大笔钱带来的少。我曾又多次在同样的时间点回到那个地方，希望能再碰见她们，却终没有如愿。

　　这使我想起另外一件和这差不多的乐事，但那件事的印象却与之大相径庭。那时我的生活很糟糕，我与一些富人和文人一道厮混，有时，我不得不去分享他们的一些可鄙的乐趣。在舍夫莱特，我在一户人家过节，所有人都聚在一起庆祝，喧闹得很，烘托出节日的欢乐氛围。节目、游戏、烟花，为了庆祝不遗余力。大家玩得连喘息的时间都没有，各个都已晕头转向了。晚饭过后，我们到街上去透透气，发现那边正开着一个集市，大家就又跳起舞来，绅士们和农妇们一起跳，而女士们却不愿意放下身段和农夫跳。旁边有个卖香草面包的商贩。我们中的一个同伴想了个歪点子，这个年轻人去买了些面包，一个接着一个地把面包扔向人群。大家乐呵呵地看着农民们为了得到面包一拥而上，乱作一团地争抢着，接着，其他人都跃跃欲试起来，纷纷效仿。香草面包在天空中四处飞舞，农民们互相争抢，挤成一堆，彼此拉扯着，这一切在那些前来庆祝的人眼中是如此充满吸引力。尽管我内心并没有如他们一般感到快活，但我出于面子，也照样做了。然而，随即我就厌倦了这个花钱买乐的事，离开了人群，独自去逛市集了。

市集上琳琅满目的物品令我频频驻足。我发现了在人群中有一个摆摊的小姑娘，她的面前还有十来个有点蔫了的苹果，身边围着五六个萨瓦小伙子，她急着想把苹果出手。那几个小伙子倒是很愿意帮助，可他们身上总共也就两三个里亚，根本不够。当时小摊上的情状就像是古希腊传说中的埃斯皮里德花园一般，那个小姑娘便是看守苹果的龙。我看得出了神，最后，我结束了这场脑海中的戏剧，我把钱给了小姑娘，把苹果给了小伙子们。这真是最叫人动心的场景了，我感受到凝聚在一起的年轻人单纯的快乐，这种快乐将我包围其中。在一旁围观的人也感受到了这份快乐。我不仅用这么便宜的价格就享受到了这般乐趣，除此之外，我还是这出戏剧的导演，便更觉开心。

与刚才我离开的那个地方相比，此时此刻的乐趣是全然不同的。它有着良好的品位、自然的趣味；而前者是富足的人创造出的，它是愚弄和鄙夷他人的恶趣味，只是孤傲的产物罢了。看着别人为了几块被人踩过、沾满泥土的面包打成一气，怎样的人才会以此为乐啊？

于我而言，当我仔细思考过后，我发现在类似场合获得的愉悦感更多的是源于看到这些人获得满足，而不是因为我慈悲的心。尽管这种情景能够触动我的心灵，但对于我来说，仅仅是一种感官上的感觉。如果我不能亲眼看到他们因我的善举而获得满足的样子，那么即便我对此很确定，我所体验到的乐趣也只剩一半了。这对于我来说，是一种没有利害关系的乐趣，即使我不曾参与其中，看到别人幸福我也会一样快乐。在一些民间节日中，那些快乐的笑脸总会深深吸引我，但是，在法国，这样的想法总是落空。因为这里的人装都装不出快乐的表情。我经常去郊区的小酒吧看在那边跳舞的老百姓，他们的舞蹈是如此的死气沉沉，仪态显得丑陋又蹩脚，以至于每次我都扫兴而归。但在日内瓦和瑞士的其他地方，那里的欢笑声真是不绝于耳，人们玩得特别尽兴，所有人都尽情地享受节日的欢乐，就算是穷人也不会垂头丧气。没有铺张浮夸的场面，幸福、团结、和谐使所有的人心花怒放。通常，就是在这样简简单单的欢乐之中，人们互相攀谈、拥抱，一同享受节日的喜庆时光。而我，只要看着他们快乐的样子，我就能够自得其乐，感到心满意足了。看着他们，我感同身受，在这样快乐的人群里，我深信这世上便没有谁能比我更加快乐了。

尽管这只是种感官的愉悦感，但这势必又与道德有所关联。当我知道坏人脸上浮现的笑容只是因为他们的狡猾用心得以满足时，我会痛苦、生气，感到十分难受。这样的笑容丝毫不能令我感到愉快，唯有单纯无邪的快乐才能使我感动。残忍地愚弄别人而得到的快乐使我不适、厌烦，即使它本与我无关。这两种快乐的方式无疑是截然相反的，出于完全不同的目的。它们虽然都是快乐，但在我心中所激起的情感却是完全不同的。

我对他人的悲伤或痛苦是十分敏感的，我很难让自己的情绪不受其影响，甚至我的情感会更甚于当事人。我的想象力使这种感情更为明显，我与当事人产生了共鸣。通常，我比他们更为恼怒。一张不高兴的脸对我来说已经难以承受了，当其与我相关时尤甚。以前，到别人家做客时，仆人总是表现得冷漠而不耐烦，因此我不得不给她们几个小钱。我是这样的傻，被她们的情感牵着走，这样一来，那些仆人因为主人的好客而获得了不少的报酬。我太容易被事物的外表影响了，他人的快乐、痛苦、善意、厌烦对我影响极大。我没有办法不受其影响，除非逃之夭夭。一个表情、动作、眼神都能使我扫兴或是使我感到宽慰。只有我独自一个人时，我才真正属于我自己。否则，我就只是我周围事物的玩物。

　　曾经，我很乐意生活在这个世界上，因为我在人们的眼中看到的总是善意，最差也不过就是陌生人对我的冷漠。但如今，人们却不遗余力地令我伪装自己的天性。每当我走在大街上时，总会发现各种令我心碎的事物。于是，我迫不及待地往乡村赶，只有见到满眼的碧绿，我才得以呼吸。这样也就不奇怪我为什么那么喜欢独处了吧？我在人们脸上看到的满是恶意，而在大自然中，却只有笑意。

　　但我必须得承认，当我与大家素不相识的时候，我还是喜欢与人接触的。然而，就是这样的快乐，人们留给我的也并不多。在几年前，我喜欢穿越一个个村庄，去那里看看早晨修理农具的农民，还有在门口带着孩子的农妇。我不知道为什么这样的场景会如此打动我。有时候，我会驻足观看他们干这些活儿，不由得叹息，却也不知为何。我不知他们是否发现了我对他们的兴趣，也不知他们是否希望我继续观看，但当我经过时，我从他们面部神情的变化和他们看我的眼神中，就能清楚地知道，他们希望把我这个不速之客赶走。在巴黎荣军院，也发生过类似的事情，却更为过分。这座宏伟的建筑总是令我颇感兴趣。每每看见这群老战士，我都会由衷地怜悯和敬仰，他们可以像斯巴达战士那样抒发着豪言壮语：我们也曾年轻、健壮、勇敢。

　　陆军学校周围是我散步爱去的地方之一。我很高兴，有时候能在那里碰见尚有军人风貌的老士兵，他们经过我身边时会向我敬礼。这样的敬礼，我会在心中回敬他们百千次，这就使我更愿意去那儿散步了。我不会隐藏那些使我感动的情感，于是我会时常地谈起那些老士兵，说起他们令我感动的方方面面。但好景不长，一段时间之后，我发现他们不再把我当陌生人了，他们看我的眼神跟其他人并无二致了，原来的风度和礼貌的招呼不在了。从前的礼数，被另一种厌烦的神情和灼热的目光取代了。这些老士兵与那些戴着假面的人不同，他们不会在背后嘲弄你，从前职业赋予他们的直率，使他们直白地对我表示出最强烈的敌意。这就额外增加了我的不幸，我还得在那些对我有敌意的人中，把这些不加掩饰地憎恶我的人同其他人区别出来。

从那之后，我去荣军院散步的热情锐减。然而，我并不会因为他们对我的态度而改变自己对他们的感情。看到这些保家卫国的战士，我依旧时时充满敬意和关怀。只是自己得到了不公正的回报，令我感到非常难过。偶尔碰到一个与众不同的老士兵，还未被别人教唆，或是没认出我的样子，并未对我表现出恶意，他给予我真诚友好的问候，足以抵偿其他人对我造成的伤害。我会忘却其他人的恶意，只在意向我行礼的这位老军人，我想，他一定同我一样有着一个无法被仇恨侵入的灵魂吧。

还有一次，发生在去年，我准备渡河去天鹅岛散步，正巧有一位看起来可怜兮兮的老军人在船头等人一同渡河。我上了船就让船夫开船。水流很急，船行很慢。我几乎不敢同老人讲话，生怕他像其他人一样粗暴地对待我，但是他的真挚使我提起的心放了下来。我们聊起天来。在我看来，他是一位具有辨别力和高尚品德的人。我被他开朗、可爱的讲话方式深深地迷住了，这般对我的厚爱倒令我感到不习惯了。直到我得知他刚刚从外省过来，我才恍然大悟。我明白了，原来还没有人跟他介绍我的情况，也没有人教唆过他什么。得益于此，我才能和这位老人交谈这么长一段时间。我欣喜地发现，原本稀松平常的快乐，因为它的难得，而倍显珍贵。到岸准备下船时，他拿出了一个可怜的里亚来。我替他付了钱，并把钱又塞回了他手中。本来心中还担心他会因此而生气，情况相反，他对我的照顾表示很感激。看他年长，我扶他下船，这使他更为感动。谁会想到我当时竟会像个孩子一样开心得热泪盈眶。当时，我真想把一张二十四苏的钞票塞到他的手心里，让他去买点烟抽，最终我还是没敢这样做。每当我可以做一些使自己感到快乐的事情时，总是有羞愧感把我的想法憋了回去，但当我在做一些要后悔的事情时，这样的感觉又不见了。这一次，我离开这位老人后，虽感宽慰，但却马上发现今日之举违背了自己的原则。我不该将金钱混杂在崇高的事物中，这样会玷污它们的崇高和无私。我们应当乐善好施，但是在日常的交往中，我们应该让天然的善意和礼貌发挥它们各自的用处，绝不能让金钱至上的观念污染了它们的初衷。听说，荷兰那边的人给别人报时和指路是需要收费的。这真是一个叫人蔑视的民族，居然来贩卖人性最基本的品德。

　　我发现只有在欧洲，别人留宿是需要付钱的。在整个亚洲地区，人们都会免费接待你。虽然那里比不上在欧洲舒适自在，但是，只要一想到，我是一个人，我被他人收留，他们用真心来待我，这又算得了什么呢？身体上所受的痛苦远比精神上所受的苦楚容易承受得多。这样一想，此般委屈便不值一提了。

漫步之十

我与华伦夫人

今天是圣枝主日，正好距离我与华伦夫人第一次见面过去了五十年。当时，她二十八岁，正巧与这个世纪的年份一致。那时，我还未满十七岁，我并未意识到，我还尚未定型的心性带给我原本就活跃的内心一股新的热情。如果说，她对于一个温文尔雅、谦逊有礼、相貌英俊的少年怀有好感是不足为奇的话，那么她的智慧、风度和美丽，使我产生不可言表的爱慕之情，也就更没什么值得惊奇的了。但是，谁都没想到的是，那一次的相遇，竟决定了我的一辈子，也注定了我生命中即将遇到的一连串的故事。

那时，心灵的宝贵才能还未在我的身上得以体现，我的心性还在不断变化，亟待成熟。尽管与华伦夫人的相遇加速了这一天的到来，但这一刻并没有立刻来临。我所受的教育造就了我单纯的心性，我尽力延长着爱情那种甜美又转瞬即逝的状态。华伦夫人疏远了我，但是思念促使我又必须回到她身边。这一次，我的人生又被改变了。在得到她之前的一段时间里，我的生活都是以她为中心的。我的生活以她为乐，唉，要是她也以我为乐，那该多好啊！我们在一起的那段时光是多么幸福而甜蜜啊！但是时光荏苒，如今的我们却只剩下悲惨的命运了。我时常回忆起记忆中这段温馨快乐的时光，也只有在这段时间里，我才是真正无忧无虑享受生活的。就像那位失宠于韦斯帕西安的大法官一样，他之后回到乡下安度晚年时说："我虽在世上活了七十个年头，然而，真正算得上是生活的，也就那么七年。"如果没有这段时光，那么我将对自己一无所知。

之后的岁月里，我总是那么懦弱，那么逆来顺受，在他人的目光中生活，左右为难，生活得如此被动。在生活的强压之下，不知何去何从。是温柔多情的她，在短短的这些年里，对我格外庇护，令我随心所欲。我利用我的空闲时光，在她的教诲和指引下，学会了调适自己的内心，使它处于一个平衡的状态，并将其一直维持下来。我也变得喜欢独处和沉思。我的内心极其渴望一种奔放而又温柔的情感，但是外界的喧嚣和繁杂将它打碎，唯有安宁能使它复活。我需要专一无二的爱。我们搬到了乡下去住，那里有一个僻静的小屋，使我们能远离尘世。在那里的五六年间，我们享受到了等同于一整个世纪的美满与幸福。这种幸福可以掩盖如今一切的丑恶。我心中想要伴侣，我便拥有她；我想去乡间生活，我便出发；我无法忍受被奴役，于是我选择自由，超乎想象的自由；我的内心只受制于自己，我只做自己想做的事。我的生活充满了爱，有干不完的农活儿。我只希望这样的生活能一直持续下去，别无他求。我只害怕这样的日子无法长久，而这种担心是有原因的。当时我们经济困窘，于是，我开始考虑寻找一些可以分散这种焦虑的消遣和避免担心成为现实的办法。我想，最可靠的对策应该就是掌握一门技艺，发挥自己的才能。为了回报她曾给予我的帮助，我努力奋斗，学习本领，将我的爱奉献给这位世界上最好的女人。

卢梭生平大事年表

一七一二年

六月二十八日，让-雅克·卢梭诞生于瑞士日内瓦一个法裔新教家庭。父亲是钟表匠，母亲出生于牧师家庭。卢梭是他们的第二个儿子。出生后不久，母亲即死于产后失调，卢梭即由姑母抚育。

一七一九年　七岁

遍览家中藏书。

一七二二年　十岁

十月，父亲与人发生纠纷，诉讼失败后，逃往里昂避难。

寄宿舅父家，后与表兄前往布瓦锡，寄宿在朗拜尔西埃牧师家，学习古典语文、绘图、数学。

　　一七二四年　十二岁
　　回到舅父家。不久便被舅父送到公证人马斯隆做事的地方打杂。

　　一七二五年　十三岁
　　在马斯隆先生处打杂。
　　四月，在雕刻匠杜康曼处当学徒。阅读大量杂乱的书籍。

　　一七二八年　十六岁
　　春季，不堪师傅虐待，从雕刻匠家逃跑，在安纳西结识华伦夫人。由其资助去意大利都灵，进"自愿领洗者教养院"，改奉天主教。
　　在巴西勒太太家当仆役。
　　在维塞利伯爵夫人家当仆役。
　　在德古博丰伯爵家当仆役，小露才华。拒绝伯爵为他提供的人生安排，离开伯爵家。

一七二九年　十七岁

回到安纳西，寄居在华伦夫人处，享受母爱、读书，接触音乐。

一七三〇年　十八岁

进神学院学习。

护送麦特尔先生逃难到里昂。

送麦尔塞莱小姐去弗莱堡。

在洛桑当音乐教师。其间有短暂旅行，常到树林散步。

给一位希腊主教当随从，从弗莱堡经伯尔尼到索勒尔，得到资助去巴黎。

在巴黎做军官的随从。

一七三一年　十九岁

在日内瓦、洛桑、纳沙泰尔、伏沃、伯尔尼、里昂等地流浪。

一七三二年　二十岁

辗转回到尚贝里华伦夫人处，做土地测量工作，自学数学。沉浸于音乐当中，结识音乐爱好者，研讨音乐。

一七三三年　二十一岁

继续寄居在华伦夫人家，开始涉猎学术著作。

一七三四年　二十二岁

做华伦夫人的管家，协助其家庭制药，开始接触植物学。

一七三六年　二十四岁

因化学实验双眼受伤，与华伦夫人一道前往尚贝里附近的沙尔麦特养病。享受乡村生活，享受爱情，并专心研究学问。阅读洛克、莱布尼兹、笛卡儿等的著作。同时，钻研音乐理论，作曲，并学习解剖学等。

一七三七年　二十五岁

到蒙佩利埃就医，途中与拉尔那热夫人热恋。

回到尚贝里，发现温赞里德已经代替了他在华伦夫人家的情人兼管家地位。

一七四〇年　二十八岁

四月，到里昂马布里神父家当家庭教师，结识哲学家孔狄亚克。

一七四二年　三十岁

八月，在巴黎法兰西科学院宣读《新记谱法》，但未得到音乐界的广泛认可。

结识启蒙思想家狄德罗，成为密友，并通过狄德罗认识了其他一些启蒙运动思想家。

进入杜宾夫人的沙龙。向杜宾夫人求爱被拒。学习化学。

一七四三年　三十一岁

春季，完成歌剧《风雅的缪斯》，引起巴黎音乐界注意。《新记谱法》以《论现代音乐》为名出版。

六月，随法国驻威尼斯大使赴意大利，任秘书。

接触意大利音乐。

一七四四年　三十二岁

八月，与大使发生矛盾，辞职返回巴黎，以抄写乐谱为生。

与戴莱丝·瓦瑟同居。

一七四五年　三十三岁

结识老一辈启蒙思想家伏尔泰，帮其修改歌剧《拉米尔的庆祝会》，没有得到承认。

一七四六年　三十四岁

第一个孩子出生，送到育婴堂。

一七四七年　三十五岁

到都灵，写成喜剧《冒失的婚约》、诗剧《西尔维的幽径》等。

父亲去世。

一七四八年　三十六岁

通过狄德罗结识启蒙思想家霍尔巴赫男爵、杜克洛、埃皮奈夫人和伍德托夫人，经常定期参加他们的沙龙聚会。

第二个孩子出生，送往育婴堂。

一七四九年　三十七岁

为狄德罗、达朗贝尔筹备的《百科全书》撰写音乐方面的条目。

十月，去巴黎郊外万森堡监狱探望因发表《论盲人书简》被捕的狄德罗。

为应征第戎学院征文而写《论科学与艺术》。

一七五○年　三十八岁

应征论文《论科学与艺术》获得第戎学院奖金，年底出版于日内瓦，引起普遍重视，但也因观点分歧与众多文人笔战。

结识德国文学评论家格里姆。

一七五一年　三十九岁

秋季，反驳对《论科学与艺术》的攻击，写成《答波兰国王对〈论科学与艺术〉的责难》。

第三个孩子出生，送往育婴堂。

一七五二年　四十岁

十月，歌剧《乡村卜师》公演成功，受到国王和王后的青睐。刻意回避路易十五的召见，并拒绝接受其赏赐的年金，遭到谴责。

参加音乐界的论战，写成《论法国音乐的信》。

一七五三年　四十一岁

《论语言的起源》完成。

受到音乐界保守派的攻击，写成《皇家音乐学院一位乐队队员给乐队同事的信》。

冬季，为应征第戎学院征文而写《论人类不平等的起源和基础》。

一七五四年　四十二岁

八月，回日内瓦。将《论人类不平等的起源和基础》献给日内瓦共和国，恢复新教信仰和日内瓦公民权。重皈新教。

起草《政治制度论》。

因厌恶频繁的社交生活，经常到树林里散步。

一七五五年　四十三岁

四月，《论人类不平等的起源和基础》在阿姆斯特丹出版。

十一月，《论政治经济学》发表于《百科全书》第五卷。

一七五六年　四十四岁

以《论人类不平等的起源和基础》奉赠伏尔泰，伏尔泰称之为"反人类的新书"。

四月，移居蒙莫朗西森林的"隐庐"，受到埃皮奈夫人的资助，享受孤独宁静的乡村生活。

开始写《新爱洛伊丝》。

一七五七年　四十五岁

因对狄德罗的《私生子》评价不同而与之发生争执，与其他"百科全书派"成员的分歧也开始加深。开始写《爱弥儿——论教育》，以及《感性伦理学或智者的唯物主义》等。

一七五八年　四十六岁

迁居到蒙莫朗西边的蒙特路易。

三月，发表《论戏剧：致达朗贝尔信》，批判其对于日内瓦戏剧文化生活的意见，提出自己关于公民娱乐的设想。与伏尔泰、狄德罗等启蒙思想家最后决裂。

一七五九年　四十七岁

开始写《社会契约论》。

一七六一年　四十九岁

《新爱洛伊丝》出版，受到热烈欢迎。

一七六二年　五十岁

四月，《社会契约论》在阿姆斯特丹出版。

六月，《爱弥儿》在阿姆斯特丹和巴黎出版。巴黎大主教对《爱弥儿》发出禁令。

十一月，巴黎高等法院也发出有关《爱弥儿》的禁令，并下令逮捕作者。卢梭仓皇逃出巴黎，准备前往日内瓦，但日内瓦已在焚烧《爱弥儿》和《社会契约论》。逃至伯尔尼，又受到驱逐。逃至普鲁士辖内纳沙泰尔。

华伦夫人去世。

一七六三年　五十一岁

三月，发表上年十一月写成的《日内瓦公民卢梭致巴黎大主教博蒙书》，抗议教会当局对他的迫害。

四月，取得纳沙泰尔邦公民权，放弃日内瓦公民权。

一七六四年　五十二岁

发表《山中书简》，责问日内瓦当局。

应科西嘉解放运动领袖邀请撰写《科西嘉宪法草案》。

完成《音乐辞典》。

一七六五年　五十三岁

九月，拒绝普鲁士国王腓德烈二世赠送的年金。此时，纳沙泰尔掀起迫害风暴，逃往伯尔尼的圣皮埃尔岛。不久再次遭到驱逐。

《山中书简》在巴黎被焚烧。

一七六六年　五十四岁

一月，随英国哲学家休谟到英国避难。开始编撰《植物学术语辞典》。不久，与休谟发生冲突。

三月，迁往英国的乌顿，写作《忏悔录》，并于年底完成前六章。

一七六七年　五十五岁

英国友人帮他领乔治三世赐给他的年金。五月，潜回法国，匿名隐居于特利等地。继续写作《忏悔录》。

《音乐词典》出版。

一七六八年　五十六岁

八月，在里昂附近的布古安与戴莱丝·瓦瑟正式结婚。

到格勒诺布尔进行植物考察，和植物学家通信。

避居各地，以抄写乐谱为生。

一七六九年　五十七岁

迁居布戈市农场居住。

写成《英雄所需要的道德》。

十一月，完成《忏悔录》第二卷。

重新使用其真名。

一七七〇年　五十八岁

六月，获赦回到巴黎，居住在普拉特里埃街，靠抄写乐谱维持生活，准备写《对话录》。

参加植物学家儒锡叶领导的采集标本旅行。

年底，《忏悔录》第二卷完成，手抄本开始流传。

一七七一年　五十九岁

在瑞士朗读《忏悔录》，后因埃皮奈夫人的请求，朗读会停止。

四月，应波兰威尔豪斯基伯爵邀请，撰写《对波兰政府及其一七七二年四月改革计划的考察》。

一七七四年　六十二岁

会见青年生物学家拉马克，相互开始交往。

一七七五年　六十三岁

写成《对话录：卢梭评判让－雅克》。

十月，歌剧《皮格马里昂》在法兰西歌剧院上演成功。

一七七六年　六十四岁

开始写《一个孤独漫步者的遐想》。

一七七七年　六十五岁

健康恶化，停止抄写乐谱，生计艰难。

一七七八年　六十六岁

五月，移居巴黎附近的埃美农维尔庄园。不久，罗伯斯庇尔慕名来访。

七月二日，病逝，享年六十六岁。葬于埃美农维尔附近的杨树岛。墓地正面对着一座城堡，墓志铭为："这里安息着一个自然和真理之人。"

ⓒ 让-雅克·卢梭 2017

图书在版编目（CIP）数据

一个孤独漫步者的遐想／（法）让-雅克·卢梭著；
蒋诗萌译 . — 沈阳：万卷出版公司，2017.8
ISBN 978-7-5470-4595-4

Ⅰ . ①—… Ⅱ . ①让… ②蒋… Ⅲ . ①散文集－法国
－近代 Ⅳ . ① I565.64

中国版本图书馆 CIP 数据核字（2017）第 173344 号

出版发行：北方联合出版传媒（集团）股份有限公司
　　　　　万卷出版公司
　　　　　（地址：沈阳市和平区十一纬路 25 号　邮编：110003）
印 刷 者：辽宁泰阳广告彩色印刷有限公司
经 销 者：全国新华书店
幅面尺寸：130mm×185mm
字　　数：130 千字
印　　张：6.5
出版时间：2017 年 8 月第 1 版
印刷时间：2017 年 8 月第 1 次印刷
责任编辑：胡　利
版式设计：展　志
封面设计：展　志
责任校对：刘志坚
ISBN 978-7-5470-4595-4
定　　价：35.00 元

联系电话：024-23284090
邮购热线：024-23284050
传　　真：024-23284521
E-mail：wanrongbook@163.com